且聽
下回分解
阿濃 著

且聽下回分解——阿濃談中國古典小説
作者／阿濃
插畫／棗田
策劃編輯／賴百樂
美術設計／陳詩韻
出版發行／突破出版社
香港沙田亞公角山路33號突破青年村
電話：2632 0000　傳真：2632 0388
電郵：breakthrough@breakthrough.org.hk
網址：http://www.breakthrough.org.hk
http://www.btproduct.com
承印／志德印刷有限公司
2020年7月初版1刷
2021年8月初版2刷

To Be Continued: Introduction to Chinese Classic Novels
by A Nong
First Printing, First Edition, July 2020
Second Printing, First Edition, August 2021

Printed in Hong Kong
ISBN 978-988-8562-30-5

誠邀閣下就突破出版社的書籍發表意見，
歡迎加入突破書籍 Facebook page — http://www.facebook.com/btbooks.page

本書採用環保油墨印刷

人文價值

或坐在巨人的肩膀上，或呷一口書香，

讓我們的生活漸次提升，讓眼界更遼闊。

目 錄

小說興盛期（講史・神魔・市人・狐鬼・諷刺・人情・才學・譴責）

序：且聽下回分解

兒時生活在江蘇北部小鎮，上世紀四十年代，沒有任何文化、娛樂設施和活動，幸而父親藏書不少，解我寂寞者，主要是小說，其中大部分為章回體。

章回體有對聯式的回目，每回以「話說」開始，至要緊處曰：「欲知後事如何，且聽下回分解。」

如《三國演義》[1]第一回的回目是「宴桃園豪傑三結義，斬黃巾英雄首立功」。 結束處是「畢竟董卓性命如何，且聽下回分解。」《水滸傳》[2]第一回的回目是「王教頭私走延安府，九紋龍大鬧史家村」。結束處是「畢竟史進與三個頭領怎地脫身，且聽下回分解。」

為什麼用「話說」、「且聽」，因為那時許多故事都是通過說書人「說」出來的。「話本」正是章回小說的前身。

而我跟許多小說迷就在「且聽下回分解」所賣的關子下，一回一回的追下去，類似現在「煲劇」的朋友般，一集又一集追下去。

在我寫了「中國文化系列」七本後，終於決定介紹一下中國古典小說，這是一個龐大的文學載體，高度、寬度、深度都渺無邊際，有人畢生研究一部《紅樓夢》[3]，還未能「吃透」，因此我完全沒有學術研究的野心。

我有點像在一次全國性試菜大會上，遍嘗京菜、滬菜、粵菜、川菜、湘菜、魯菜、淮揚菜……把我當時所想、所感、所發現說出來，目的在引發大家也有一試的興趣。

我做的是每一樣試少少，目的正如《呂氏春秋》[4]和王安石說的「嘗鼎一臠（音巒），旨可知也。」吃鍋裏的一片肉，整煲的滋味也可知道了。當你覺得味道不錯時，就會一鍋又一鍋的大嚼。

因為介紹的是古典作品，對小學生來說較深；初中語文程度是要求的起點。

請試嘗。

註

1.《三國演義》，是中國首部歷史章回小說。作者是元末明初的羅貫中，此書是四大名著（《紅樓夢》、《三國演義》、《水滸傳》、《西遊記》）中唯一根據史書《三國志》改編之小說，故事由公元 184 年東漢末年黃巾之亂開始，至公元 280 年西晉統一。

2.《水滸傳》，內容講述北宋山東梁山泊以宋江為首的梁山好漢，被逼落草，發展壯大，直至受到朝廷招安，東征西討的歷程。作者是施耐庵，一般認為羅貫中做了整理，金聖歎刪減為七十回本。

3.《紅樓夢》，故事由女媧補天時所剩下的一塊石頭開始，故此又名《石頭記》。主線為賈寶玉、林黛玉及薛寶釵三人的愛情與婚姻悲劇。現存版本有八十回本和一百二十回本兩類。前八十回的作者是曹雪芹，後四十回的作者是為高鶚和程偉元。

4.《呂氏春秋》，又稱《呂覽》，是中國戰國末期的一部政治理論散文的彙編，共二十卷，一百六十篇，是秦國相國呂不韋及其門人集體編纂。內容以道家黃老思想為主，兼收諸子百家言論，是雜家的代表作。

精衛！
精衛！
小說萌芽期
（神話・誌怪・誌人）

遽如許！
遽如許！

一、陶淵明・魯迅・山海經

晉代詩人陶淵明曾作詩《讀山海經》[1]共十三首，第十首中有兩句：

精衛銜微木，將以填滄海。
刑天舞干戚，猛志固常在。

這裏面說的是《山海經》[2]中兩個神話故事。阿濃在《去中國人的幻想世界玩一趟》[3]中都有介紹：

精衛

太陽神炎帝有一個小女兒名叫女娃，有一天獨自到海邊玩耍，不幸被風浪捲去，溺死在海中。

她的精魂變成一隻小鳥，頭上有花紋，白色的喙，紅色的腳爪，發出「精衛！精衛！」的悲鳴，因此人們稱這種鳥做「精衛」。牠不停的啣着石子和樹枝拋擲到海裏，好像誓要把這害死她的大海填平。

刑天

刑天斗膽跟天帝爭位，結果被砍掉了腦袋。沒有了頭顱的刑天，就用乳頭當作眼睛，用肚臍做嘴巴，一手拿着盾牌（干），一手拿着斧頭（戚），揮舞着準備繼續作戰。

精衞和刑天都是不向命運低頭，在逆境中繼續抗爭的精靈，陶淵明讚賞這種精神。所以魯迅説陶淵明不止有田園詩人靜穆的一面，同時具備金剛怒目的猛志。

魯迅在《中國小説史略》[4] 中説：「中國之神話與傳説，今尚無集錄為專書者，僅散見於古籍，而《山海經》中特多。」他很小就跟此書結緣，他寫過一篇〈阿長與山海經〉。阿長是他的保姆，並不討他歡喜。因為她老説他頑皮，睡覺時伸開手腳，擠得他沒有餘地轉身，又謀死他的隱鼠（一種拇指大小的玩物小鼠）。可是當魯迅熱切盼望擁有一本《山海經》時，阿長在告假回家後的四、五天，竟為他帶來一套四本的《山海經》，上面有魯迅喜歡的圖：人面獸，九頭蛇，三腳鳥，生着翅膀的人，沒有頭以兩乳當作眼睛的怪物……

這四本書，是他最初得到，最為心愛的寶書。他對阿長謀害隱鼠的怨恨從此勾銷。此後魯迅更開始搜集繪圖的書：《爾雅音圖》[5]、《毛詩品物圖考》[6]、《點石齋叢畫》[7]及《詩畫舫》[8]等等。

魯迅寫此文時，已在阿長逝世三十年後，他動情的說：「仁厚黑暗的地母呵，願在你懷裏永安她的魂靈！」

註

1.《讀山海經》，共十三篇，是晉宋之際陶淵明的組詩作品。首篇為序詩，後十二首從《山海經》、《穆天子傳》中的傳說、神話、寓言、史實等抽取材料而寫成。
2.《山海經》，中國先秦古籍，作者不詳。成書估計於戰國時代。內容涉及各地山川、部族、物產、風俗，怪異參集，保存許多遠古神話傳說。
3.《去中國人的幻想世界玩一趟》，作者阿濃在中國古代典籍發掘奇趣又瑰麗的故事。內容涉及天上地下，日月星辰，神仙鬼怪，草木精靈，交織恩怨情仇，悲歡離合，啟發哲理思考。
4.《中國小說史略》，原是魯迅在北京大學教授中國小說史的講義，共二十八篇，1924年成書，敍述中國古代小說發展及演變過程，始於神話傳說，直至清末譴責小說。
5.《爾雅音圖》上中下三卷，晉朝郭璞撰。《爾雅》是最早一部訓詁名物的語言專著，彙釋戰國秦漢間的語言材料，郭氏注本有圖及音義。現流傳的雖非原本，但保留了古代大量語言資料，於音韻、語音及藝術研究，具重要參考價值。
6.《毛詩品物圖考》，作者是日本漢學家岡元鳳，內容是闡釋《詩經》中的動物與植物，分為草、木、鳥、獸、蟲、魚六個類別，並有二百餘幅實物工筆繪畫。
7.《點石齋叢畫》，尊聞閣主人編，共十卷，是一部匯輯中國畫家作品的畫譜，原為1885年（清光緒十年）上海點石齋書局石版印刷版本。內容以圖文並茂的形式，描繪晚清的中國社會環境全貌和西方奇聞趣事。
8.《詩畫舫》，明朝文人黃鳳池、張白雲等人，集諸家前輩書法繪畫作品而成。分為山水、人物、花鳥、草蟲、梅蘭竹菊、扇譜六部分，每部分為一冊，共收名家手書題詞，唐詩四百餘首，配畫四百餘幅，以古畫解古意。

二、魔幻左慈

這天曹操請客，席上美食已很豐富。酒過三巡，曹操心有所思，隨口說：「今天高朋滿座，美酒嘉肴，可惜沒有吳松江的鱸魚，如今正是當時得令，嘗不到那鮮美滋味，有點可惜。」

「這又有何難？」座中一人笑說。

曹操見是方士左慈，便道：「先生能辦？」

「何妨一試。」左慈笑答。要求銅盤一個，貯水其中，另外要一副釣具，包括竹竿、魚絲、浮子、魚餌。左慈盤膝而坐，開始垂釣。大家屏息以待。

不久浮子微動，然後急墜，左慈拉動釣竿，釣絲扯直，釣竿彎轉如弓，一條三尺來長的鱸魚從盤中拉出，水花四濺。曹操大笑鼓掌。座中各人看得目瞪口呆，也跟隨鼓掌。

「一條不夠分呀，能不能多釣一條？」曹操說。

「讓我試試。」左慈裝上魚餌再釣，不久又拉上一條，同樣是三尺有多。

曹操興致甚好，親自把魚切割成生魚片，分賜各人。

曹操見左慈有這樣的特異功能，又想試他一試。

「魚生最配薑片，四川的薑最好，可惜這邊沒有。」

「應該不難。讓我去一趟。」

左慈正待要走，曹操説：「且慢，我之前派人去四川買蜀錦，你既往四川，叫他們多買兩匹。」心想：「不怕你在附近買回！」

左慈一閃不見，但很快回轉，他帶來了生薑，回報説：「很巧在賣蜀錦的店裏碰見公使，已代頒令命他多買兩匹。」

一年多之後，使者回來，果然多買了兩匹。説是某月某日在店裏接到多買兩匹的命令。這是後話。

後來有一天，曹操率百官郊遊，當大家感到口渴肚餓時，左慈在一棵大樹下，身邊有酒一罈，肉乾一片。經過者可飲酒吃肉，結果人人醉飽。

曹操覺得奇怪，派人去查，得知昨天附近酒家，酒肉均無故失竊。曹操因此大感不快，或許是左慈搶了他的風光，或許他對左慈的異能有了戒心，覺得不是在他能控的範圍之內，動了要除去他的殺機。

某日，左慈在座，曹操安排了緝捕人手，一聲「來人！」，迅速從壁後擁出。但見左慈隱入身邊牆中，失了蹤影。

曹操於是正式下令緝捕，有擒獲者，可得重金。

終於有人在街上看見了他，正想上前捉拿，忽然見街上各人，本來是男女老幼，或商販或購物，都變成了左慈，無數左慈在街上晃動，十分怪異。到大家回復原形時，已失左慈蹤影。而問之眾人皆無所覺。

後來又有捕者在陽城山見到他，便一同追逐，堪堪追及，左慈走進山坡上一羣羊中，但見一隻隻羊如常奔跑吃草，哪有左慈在內。有人通報曹操，曹操命人對羣羊說：「曹公不是想殺你，只是想試試你的法術，如今證明你法術高強，就請出來相見。」

羊羣中忽然一隻老公羊屈曲兩隻前腳，像人似的站立起來，對眾人說：「遽如許！」(竟然弄成這田地！)

「是他了！」有人說，大家一擁上前。

大家眼一花，眼前幾百隻羊，都變成老公羊，屈曲前腳，像人似的站立着，一同說：「遽如許！」「遽如許！」「遽如許！」……聲震山谷。

以上故事改寫自《搜神記》[1]，中國志怪小說代表作，作者是晉代干寶。

小時候在鄉間看過一種魔術表演，能從一個無底空木桶中變出許多東西，有日常用品，也有活魚活雞。手法極好，看不出破綻。這跟左慈開頭的表演很相似，但到故事的後半部就「神」之又「神」，很有魔幻小說的味道了。

註 1.《搜神記》，是晉朝干寶搜集神仙鬼怪、方士的傳說、正史記載的祥瑞異變等而撰寫的故事。每個故事篇幅簡短，是志怪小說的代表。現存輯本共分二十卷，以後很多傳奇小說的寫作方法，均受其影響。

三、聰明狗

晉朝干寶寫了一本志怪小說《搜神記》，我介紹了其中一篇〈魔幻左慈〉。大家熟悉的大詩人陶淵明，寫這類故事的興趣也來了，寫了一本《搜神後記》[1]。原來對後世影響極大的名篇〈桃花源記〉也在其中。下面介紹書中另一篇聰明狗的故事。可惜作者沒有為狗取名。

晉朝太和年間，廣陵地方一個姓楊的養了一條狗，十分憐愛，時常陪牠玩，到哪裏都帶着牠。他們同吃同睡，就像父子一樣。

那天楊生跟朋友多喝了幾杯，帶着狗兒回家。路上要經一處長滿野草的澤地。他腳步踉蹌，到草澤時酒意上湧，竟醉倒在地。

正當冬天，天氣乾燥，不遠處生起野火，隨着風勢愈燒愈旺，火舌蜿蜒地向他們的位置吞噬過來。

狗兒驚覺形勢危險，在楊生的耳邊狂吠，又拉扯他的衣裳，楊生卻醉得死人一般，完全沒有反應。

後來狗兒發現不遠處有個坑，坑中儲了不少水，就跳進水裏，浸濕身體，跑到楊生旁邊，大力搖滾，把水灑在楊生身旁。灑了一遍又一遍，到火燒過來時，繞過了這小塊濕地。

楊生醉到黎明才醒，見除了身邊濕漉漉的一小塊外，四周一片焦土，遠處野火還未熄滅。他這時才看到滿身濕透的狗兒軟癱在他身旁，才知道是狗兒救了他。

另一個沒有月色的暗夜，摸黑回家的楊生，掉進一眼枯井，沒有骨折，卻無法從井中爬上來。焦急的狗兒先是向井裏吠叫，見幫不上忙，就向四方狂吠。可是此處荒僻，遠處房屋裏的人也不理會外面的狗吠。

狗兒吠得倦了，由狂叫變成嗚咽。井裏的楊生也曾呼喚救命，見夜已深，也停聲不喊。在井底打盹等候黎明。

天色漸亮，先是無人經過。終於狗兒見另一條小路上有人行近，便對着井口驚天動地的狂叫起來。

那人好奇，走來井邊張望，發覺井底有人。

楊生見有人出現，立刻大聲求救。

誰知這人是個無賴，從不做助人的事。他對楊生說：「我趕着去幫人家搬運，瞧我這扁擔，我可沒空幫你。」

楊生說：「你把扁擔伸下來，就可拖我出來，我會好好謝你！」

那人說：「我不要你的錢，看你這狗很有靈性，你將牠送我，我就救你。」

楊生說：「這狗曾經救我性命，我捨不得送人，我會多給你錢，作為酬謝。」

那人說：「你不把狗送我，那就拉倒，你在底下等着吧！」說着作勢要走。

狗兒走到井邊，眼望楊生，嘴裏嘰哩咕嚕，像是有所暗示。他們人狗心意相通，楊生答應以狗相贈。

楊生被救出來後，那人用繩綁着狗兒的頸項，就要離去。楊生和狗擁抱，狗兒伸舌舔他，纏綿久久，大家眼中都有淚水。

五天之後的一個夜裏，楊生聽到抓門的聲音，又聽到一聲輕吠。打開門，狗兒跳進他懷裏，頸上還有一截斷繩。

註 1.《搜神後記》，又名《續搜神記》，是《搜神記》的續書。東晉陶淵明撰寫，後人疑此書不是陶氏所寫。全書共分十卷，一百一十六條，題材分有四種類型：神仙洞窟的故事（如〈桃花源記〉）、山川風物和世態人情的故事、人鬼神的愛情故事及不怕鬼的故事。

四、人鬼較量

《搜神記》其中有兩則故事，描寫人鬼互相較量，各有勝負。

人勝的一則叫〈宋定伯〉：

地：南陽

時：夜

角色：青年宋定伯、鬼

宋：老兄是誰？

鬼：我是鬼。你又是誰？

宋：我也是鬼。

鬼：你往哪去？

宋：宛市趕集。

鬼：我也要到那邊去，咱們正好同行。

（兩人一同走了幾里路。）

鬼：我累了，不如我們輪流揹着走，可以歇歇。

宋：好，你先揹我。

鬼：哎，你這麼重，怕不是鬼吧？

宋：恐怕因為我新死，所以重。到我揹你了。
(宋揹鬼)

宋：這位大哥果然很輕！難為你了。喂，大哥，我們做鬼的最怕什麼？

鬼：最怕人用唾沫吐我們！後果可以很嚴重。
(他們輪流揹着走了好幾里路，來到一條小河邊。)

宋：大哥，你先過去。
(水不深，鬼涉水過去，一點聲音也沒有。到宋了，他涉水時河水嘩啦嘩啦響。)

鬼：為什麼你涉水這麼響？

宋：大概也是因為我是新鬼，我又笨。
(他們說着說着快到宛市了，聽見市集的聲音。這時鬼在宋的背上。)

鬼： 天快亮了，你可以把我放下。

(宋緊握鬼的雙腳不放。)

鬼： 你幹什麼！快放下我！

(天開始亮，宋揹着鬼一直走到市場中央，鬼發出尖叫，宋把他摔在地上，鬼變成一隻羊。宋怕他變走，接連向他身上吐唾沫。然後把他賣了一千五百文，才離開市場。)

宋定伯是一個勇者，他不怕鬼。是一個智者，能應付鬼對他的懷疑，還把鬼捉了賣錢。但他不是仁者，這鬼並沒有害人，而且表現得很友善，宋定伯卻用無情的手段對付他。一般讀者對他的做法無意見，因為主觀地認為鬼會害人。以下〈秦巨伯〉就是一個鬼害人的故事。

瑯琊地方有位六十歲的老人秦巨伯，他喜歡喝酒，而且常常喝醉。那天他又喝醉了，趕夜路回家，跌跌碰碰經過蓬山廟，星光下看見兩個孫兒來接他。孫兒摻着他走了百來步，忽然抓着他的脖子把他按在地上。一個說：「老東西，前天你用棍棒打我，今天我要你死！」秦巨伯記起的確有這麼回事，就假扮昏死過去。兩個孫子才丟下他走了。

秦巨伯回到家裏就找兩個孫兒算賬。兩個孫兒很害怕，哭着說：「我們做子孫的，怎會做出這樣的事，你恐怕是遇到鬼魅了，求你再試試。」秦巨伯想想也是，就放過孫兒。

過了幾天，秦巨伯假裝喝醉，歪歪斜斜的來到蓬山廟，果然又見到兩個孫兒走過來，一邊一個扶着他。秦巨伯大喝一聲挾緊了他們帶回家，它們現出了鬼魅的原形。秦巨伯在家人的協助下把它們放在火上烤，兩隻鬼被烤得焦黑破裂，吱吱哀鳴，終於不動了。秦巨伯把它們丟在院子裏，第二天卻發現不見了。秦巨伯為沒有斬草除根而感到遺憾。

一個月之後，秦巨伯又假裝喝醉走夜路，他身上帶了匕首。家人見他夜深不歸，派兩個孫兒去接他。那邊秦巨伯在廟旁等了許久不見鬼出現，正準備回家時，兩個孫兒出現了。他想也沒想，一刀一個刺殺了他們。

這故事讓我們為秦巨伯搖頭嘆息，鬼魅沒有親自動手報復，讓對方手刃至親，是最殘酷的傷害。

秦巨伯上了最慘痛的一課，他已沒有挽回的機會，可是這教訓，我們卻要記住。

五、最好的三則笑話

中國第一本笑話專書，是三國魏朝邯鄲淳的《笑林》[1]，可惜已大半亡佚。

笑話其實是引人發笑的微小說，我選出認為最佳的三則。

晉惠帝時，全國大飢荒，很多百姓沒飯吃餓死了。惠帝問:「沒飯吃為什麼不吃肉粥？」(何不食肉糜？) (見《晉書·惠帝紀》[2])

一個不知民間疾苦的君王，說出近乎弱智者的話，使人笑，同時感到悲哀。

艾子乘船，夜泊一島嶼旁。半夜聽見哭聲，留心聽下去：

「昨日龍王有令，所有有尾巴的水族都要斬。我是有尾巴的鼉（揚子鱷），怕會被殺，所以哭。你是沒尾巴的蝦蟆，哭什麼？」

「我慶幸現在沒尾巴，但我還是害怕，怕追究我還是蝌蚪時的事。」(《艾子雜說》[3])

追究歷史，追究出身，審查黑材料，歷代不是沒有發生過的事。因此由好笑變苦笑。

楚國有一窮人，讀《淮南方》[4]，其中一節說：螳螂捕蟬，常躲在一片葉子後面，如果找到這片葉子，就可以隱形。於是他躲在樹下，等待螳螂捕蟬。終於給他等到了，他伸手去摘那片葉。風過處，葉子飄落樹下，樹下有一堆落葉，無法分辨那一片剛吹落。只得把它們全部掃回家去。

他逐片拿在手上問妻子：「你看見我嗎？」

起初妻子每次都說看見，後來不勝其煩，負氣說：「看不見！」

他聽了大喜，拿着那片葉子到街上去，公然拿人家的東西，結果被捉將官裏去。(邯鄲淳《笑林》)

如今書店裏教人橫財致富的書不少，是另類《淮南方》，等待愚人鬧笑話。

註

1.《笑林》，古代笑話集。全書三卷，三國魏朝邯鄲淳撰寫。原書已佚，現存二十餘則。魯迅的《古小說鉤沉》輯本較完備。

2.《晉書》是中國的二十四史之一，唐朝房玄齡等人合著，作者共二十一人。唐朝貞觀二十二年（公元 648 年）寫成。記載由三國時代司馬懿早年，至東晉恭帝元熙二年（公元 420 年）劉裕廢晉帝自立宋。內容分為目錄各一卷、帝紀十卷、志二十卷、列傳七十卷、載記三十卷，共一百三十二卷。《晉書・惠帝紀》是帝記十卷的其中一卷。

3.《艾子雜說》，傳為蘇軾所著，全書三十九則故事，或帶有寓言意味，或像現代流行的冷笑話，戲謔之餘，也帶有傷感。

4.《淮南方》，漢朝淮南王劉安所作，專述神仙黃白之術，也傳是醫藥著作。

六、元無有之謎

讀過多種研究謎語的書，不見提及一則故事，集物謎、詩謎、故事謎於一身，這故事的題目是〈元無有〉，諧音「原無有」，表明是虛構吧。

作者是唐朝的牛僧孺，大家讀歷史應記得唐代有「牛李黨爭」，他是主角之一。本篇出自他著作的《玄怪錄》[1]，共十卷，書已失傳。所幸《太平廣記》[2]中收了他著的三十一篇，〈元無有〉是其中一篇。魯迅的《中國小說史略》曾以此為例。

試把這故事改寫如下：

話說唐代宗寶應年間，時當安史亂後，維揚本屬繁華之地，富戶逃亡他鄉，鄉郊莊園，十室九空。

書生元無有在一個二月仲春時節，往郊野踏青，但見桃紅柳綠，大自然對戰亂恍若不知，好一番迷人春景！

因出來得遲，不覺已是黃昏時分。而且忽來一陣烏雲，狂風夾着猛雨，照頭照臉打來。見路旁一大宅，暗黑中並無燈火，敲門無人應。信手一推，呀然而開，決定進去躲躲。

他抖抖衣上的雨，坐北窗下歇息。暴風雨來得快也去得快，不一會風停雨歇，一輪明月照人。

這時他似乎聽到人聲，愈來愈近。月色下見來者四人，在西廊一桌坐下。他們也帶來杯盤，還有酒菜。四人爭着說話，笑語聲喧。

其中一人說道：「我們如今都已退休，回想平生各有奉獻，何不自我吟詠一番？」

其他三人同聲說好。 那提出建議的瘦長個子說：「就讓我先說。」

「齊紈魯縞如霜雪，寥亮高聲予所發。」（讓齊魯的絲織品都變得霜雪般潔白，如許響亮的聲音都由我發出。提示：長安一片月，萬戶擣衣聲。）

那穿黑衣戴黑帽的矮子吟道：

「嘉賓良會清夜時，煌煌燈燭我能持。」（提示：注意這個「持」字。）

第三人個子一樣短小，長得難看，穿一身淡黃舊衣，他甕聲吟道：

「清冷之泉候朝汲，桑綆相牽常出入。」（提示：河裏成對，井上單個。）

最後一個也是黑衣黑帽，他閉目搖頭吟道：

「爨（音寸，解以火煮食）薪貯泉相煎熬，充他口腹我為勞。」（提示：應與廚房有關。）

四人吟畢，一同鼓掌。他們還就舊日此宅所聞見，各自表述，頗富佳趣。一直到雞啼近旦，才互相告別而散。

元無有聽得入神，細想他們的工作崗位，想像他們是樂師、掌燈人、茶博士、廚師，卻又覺未盡符合。一夜無眠，至天曉在屋內巡視，見所餘雜物不多，其中有一洗衣杵（棒槌）、一燭台、一水桶、一破鐵鍋，乃有所悟：「原來是你們幾個！」

讀者諸君，這故事當然是牛僧孺創作，不求你信，只是寫了一則異聞，給你閱讀趣味。卻同時創作了一則多類別的謎語。

註

1.《玄怪錄》，又稱《幽怪錄》，作者是唐朝牛僧孺。原書已散佚，今從《太平廣記》等書輯得部分佚文。程毅中曾整理《玄怪錄》一書，共五十八篇。
2.《太平廣記》，宋代李昉、宋白、呂文仲等十二人，奉宋太宗的命令集體編纂。太平興國年間完成，定名為《太平廣記》。全書五百卷，其中以神仙、鬼、報應、異僧等十一類的靈異故事小說，佔全書之一半。

七、月下老人

唐李復言在《續玄怪錄》[1] 中寫過一則故事。

唐朝，書生韋固，清河訪友，寄寓客棧中。同寓有張姓者，跟韋固很談得來，對他的學問也很佩服。得知他尚未有妻，就説清河潘太守有女待字閨中，他願為他們作伐。約定第二天在龍興寺前碰頭，聽他消息。

這晚韋固一早醒來，天未亮便前往龍興寺，明月在天，四處無人。卻見一銀鬚白髮老人家坐在台階上，對月翻一本大書，旁邊有一個布袋。

韋固見他翻得認真，好奇心起，走近窺探，卻是一字不識。

「老人家您好，你這本書上是何種文字，為何我一字不識？」

「年輕人，這是天書，凡人如何認得？」

「天書？都寫了些什麼？」

「是天下男女婚配的名錄。」

「您這袋子裏裝的又是什麼？」

「裝的是一根根紅繩，男女一出生，如是夫妻便被此繩拴住。以後即使是仇敵之家，貧富懸殊，醜美不等，相隔萬里，也終成夫婦。」

「真有此事？那麼可否為在下查一查妻房是誰？」

老人問了韋固姓名、年齡、籍貫，翻查一番，便說查到是賣菜陳婆的女兒，家住宋城南店，今年才三歲。

「不是姓潘的麼？」

「不是，她會在十六歲嫁你。」

「我可以看一看她麼？」

「你閉上眼睛就會看見。」

韋固閉上眼睛，張開眼時，眼前一片矇矓，漸見清晰，看到一處菜市場，一個獨眼婦人，抱着一個小女孩，蹣跚地走進他的視野。

「看到了？那小女孩就是你十三年後的妻子。」

「這、這怎麼可以？」韋固氣急的説。

「哈哈！紅繩已緊繫，你們走不掉……」

「這、這……」

「哈哈！哈哈……」

韋固睜開眼時，已不見了老人。

以後十多年，雖有人替他提親説媒，卻都未能成事。直到他在相州刺史王泰手下當了參軍。王泰欣賞他的才能，把女兒許配給他。新娘子美麗動人，夫妻恩愛。韋固已忘了月下老人的事。

新夫人眉間貼着一朵紙花，睡覺時也不除下。洗臉時即使除下，也會重新貼上。

「夫人額上這朵花可有緣故？」韋固終於忍不住詢問。

「我額上有個疤痕，是小時為歹徒所傷。」

「可查出是誰行兇？」

「沒查出。我很小就沒了父母，是奶媽靠賣菜養我。有一天她抱着我在菜市場，突然一個男人走來刺我一刀，幸而他下手不重，在旁人喝止下逃走了。」

「你怎麼成了刺史的女兒？」

「刺史是我叔父，是他找到了我，把我當女兒撫養。」

韋固記起了往事，當年是他買兇殺人，那人膽小，傷人後逃之夭夭。想不到月下老人的預言，成為後來的現實。

好事的後人建造了月老祠，希望求偶者在月老的幫助下，能遂心願。杭州月老祠的對聯是：

願天下有情人都成了眷屬（出自《琵琶記》[2]）

是前生注定事莫錯過姻緣（出自《西廂記》[3]）

《老殘遊記》[4] 也以此聯作結。

註

1.《續玄怪錄》，唐代傳奇小說，因續《玄怪錄》一書而得名，共五卷。作者是唐代李復言，現存僅二十三篇。雖是續作，有論內容較《玄怪錄》更為可觀，看出作者的刻意經營。
2.《琵琶記》，元朝末年高明所著。故事講述書生蔡伯喈與趙五娘的愛情故事。
3.《西廂記》，最早取材於唐代詩人元稹所寫的傳奇《鶯鶯傳》(又名《會真記》)，後被元代王實甫改編為雜劇，描寫張生和鶯鶯的愛情故事。
4.《老殘遊記》，清末四大譴責小說之一。清代劉鶚著。正編二十回，續集九回，外編殘稿一卷，敘述江湖醫生「老殘」在遊歷所見所聞。「老殘」的寓意是「棋局已殘，吾人將老，欲不哭泣也得乎？」

八、《世説新語》中的成語

《世説新語》[1]可以説是微型小説的合集，作者是劉義慶（公元403-444年），是南北朝的南朝宋代人，世襲了臨川王的爵位。他這本書記載了漢末、三國、兩晉士族的遺聞軼事。《世説新語校箋》[2]的作者徐震堮介紹得好：

> 《世說新語》一書所載的許多遺聞軼事，給讀者從各方面勾畫出這一歷史時期的生動畫面。加以作者的藝術手段很高明，通過一些細小的情節，不加議論，把那時的社會風貌和一些人的內心世界，刻畫了出來，言簡味永，栩栩如生。

書的編排以書中人物表現的個性、品格來分，其中正面的類別佔二十二篇，如德行、言語、政事、文學……負面的類別佔十四篇，如任誕、簡傲、排調、輕詆、假譎……

書的文字有點深奧，最普及又有趣的是蔡志忠的漫畫版《六朝的清談 · 世説新語》[3]，台灣時報文化出版。

其中一些更成為典故，以成語的形式存在，以下是我檢索出來的三十六個：席不暇暖、難兄難弟、割席（想不到成為時令用詞)、哀毀骨立、身無長物、小時了了、覆巢之下、期期艾艾、新亭之泣、樹猶如此、蒲柳之姿、會心不必在遠、楚楚可憐、千巖競秀、應接不暇、芝蘭玉樹、煮豆燃萁、薰蕕不同器、璞玉渾金、阿堵物、絕妙好辭、捉刀、鶴立雞羣、看殺衞玠、神仙中人、人琴俱亡、青州從事、平原督郵、一木難支、洪喬之誤、興盡而返、見所見而去、凡鳥、盲人瞎馬、書空咄咄、卿卿……

一本書而能成為這麼多成語的來源，實不多見。

註

1.《世説新語》是魏晉南北朝筆記小説的代表作，記載東漢至東晉間的高士名流、統治階層的言行風貌和軼聞趣事，由南朝宋劉義慶召集門下食客共同編撰。全書分上中下三卷，依內容分有：德行、言語、政事、文學、方正等等，共三十六篇，每篇收有若干則，全書共一千多則，文字長短不一，隨手而記。
2.《世説新語校箋》，作者是晚清徐震堮，專門研究唐前文學。他為《世説新語》校訂及注釋而成此書。
3.《六朝的清談・世説新語》，是台灣漫畫大師蔡志忠的作品，擅長以漫畫詮釋中國古典作品，可視為經典入門導讀。

九、看到的是虛偽

讀《世說新語》，看到不少名人的不少虛偽。

其中一位叫支道林的高僧，卻也沾染了清談之風，被稱為「穿袈裟的名士」，號稱隱居，喜歡在名山居住，卻又禁不住帝王徵召，往京城說法。

他相當富有，想跟另一位高僧深公（竺法深）購買印山。深公說：「未聞巢、由（古代隱士巢父、許由）買山而隱。」意思說真正的隱士不會購置地產。

他在京師一住三年，向皇上告辭歸山。當時的社會名流，紛紛來到為他送行。蔡子叔先來，坐在離支道林很近的地方。謝萬石後到，正值蔡子叔離座，他就坐了那張空椅。蔡子叔回來，見座位被佔，就把謝萬石連人帶座褥抱起，擲到地上，自己坐回原地。謝萬石的帽子和頭巾都掉了，臉上破損了一塊。這就是平日講修養講雅量人士的真面目。

王夷甫求富貴得富貴，資財山積，但口不言錢以示清高。還怪老婆口不離錢。於是老婆作弄他，趁他未起牀，在他牀的四周地上放滿了錢，讓他無法出來。他起牀見被錢所困，對婢女說：「舉卻阿堵物！」（搬走這些東西！）

從此「阿堵物」成為「錢」的代用詞。

謝安正跟人下圍棋，前方謝玄有戰報到，謝安看了沒說什麼，繼續下棋。客人問前方戰況怎樣了？謝安說：「孩子們打了個大勝仗（正是有名的淝水之戰）。」說時神情跟平常一樣。《世說新語》就寫到這裏，但《晉書》說：「既罷（棋局），還內。過戶限，心喜甚，不覺屐齒之折。」虛偽地表現冷靜，還是露出馬腳。

十、聰明人的故事

《世說新語》第十一是〈捷悟〉，記的是一些聰明人的故事，一共七則，楊德祖（修）佔了四則，都跟曹操有關。曹操任丞相時權傾一時，楊修任職主簿。曹操的一個兒子曹植對他十分信任，常聽他出謀獻策。

《世說新語》的四個故事，都說他最懂曹操心意，其聰明處曹操也自愧不如。

這四個故事是：

門上「活」字

曹操建造房子，自己巡視工程，在一道門上寫了一個「活」字就走了。大家猜不到是什麼意思。楊修說謎底是「闊」，曹操嫌門開闊了，叫道：「你們拆掉重建吧。」

「合」

人家送曹操一盒酥餅，他吃了覺得味道不錯，在盒上寫了一個「合」字，放在案頭。大家不知什麼意思，楊修打開便吃，叫大家別客氣，是曹公叫的。「合」不是「人、一、口」嗎？

曹娥碑

楊修跟隨曹操經過曹娥碑，碑的背後有蔡邕題的八個字：「黃絹幼婦，外孫齏（音擠）臼」。

曹操問楊修：「你明白它的意思嗎？」

「明白。」

「你先別說，讓我想想。」

他們在馬上走了三十里後，曹操說：「有了，你把它記下來，看我們是不是相同？」

結果他們記的都是「絕妙好辭」四個字。曹操說：「我不及你有才，相差三十里。」

原來「黃絹」是「色絲」，合為「絕」字。

「幼婦」是「少女」，合為「妙」字。

「外孫」是「女（兒的）子」，合為「好」字。

「齏臼」是「（承）受辛（盛載辛辣一類作料的器具）」，合為「辭」。

竹片

曹操在一場戰役前，準備作戰物資，餘下一大批竹片，都只是幾寸長。大家說，沒用了，燒掉吧！曹操想：「燒掉可惜，可留作做竹盾牌。」

他派人去問楊修的意見，他的回答跟曹操一樣。

這四個故事在《三國演義》中有前三個，「曹娥碑」在七十一回，「門上『活』字」和「『合』」在七十二回。但「曹娥碑」內容有不相同處，在另外一篇中細說。

《三國演義》第七十二回寫楊修之死，說了七件事，其中五件是他被殺的原因，包括三件涉及曹家後繼人（曹丕、曹植）之爭，曹操覺得楊修多次用了不誠實手段，甚為厭惡。但以下兩件事，使曹操再不能容忍這個太聰明的部下了。

夢中殺人事件

這不是曹操第一次吩咐他的左右了：

「大家留意，我睡夢中會殺人，所以在我睡着時，千萬別靠近我！」

這天曹操在軍帳睡午覺，天氣有點涼，他蓋在身上的被子滑落地上，一個近侍自然地上前幫他蓋回，曹操一躍而起，手起劍落，近侍倒地，鮮血湧出。曹操返回臥榻，鼾聲響起。不久他睡醒了，見近侍死在榻旁，驚訝地說：「誰殺了他？」大家如實告訴他。他大聲痛哭，吩咐厚葬。

葬禮中，楊修向着遺體說：「兄弟，不是丞相在夢中，是你在夢中！」有人把他的話告知了曹操。

「雞肋」事件

建安二十三年秋七月，曹操領兵四十萬親征，與劉備爭奪漢中。臨陣損兵折將，進退兩難。

某夜曹操傳下口號，兩個字：「雞肋」。所謂「口號」，等於密碼，供軍內通行之用。

主簿楊修告知隨行軍士，叫大家開始收拾行裝。先鋒夏侯惇聞言大驚。詢問楊修，楊修說：「雞肋這東西，食之無肉，棄之有味，正如我軍現況，進不能勝，退恐人笑。在此無益，不如早歸，來日魏王將宣佈班師，早點收拾行裝，免得臨行慌亂。」

夏侯惇知道楊修一向了解曹操，也開始收拾。這晚曹操心緒不寧，繞寨私行。見夏侯惇寨內士兵在收拾行裝，大驚。問知情由，大怒。說楊修製造流言，煽惑軍心，立刻命刀斧手把楊修推出帳外斬了！一代聰明人，享年僅三十六歲。

十一、曹娥碑之謎

《世說新語·捷悟》篇有楊修猜曹娥碑上的謎語故事，卻帶來不少謎團。

先說曹娥的故事。

曹娥，東漢上虞人，父親曹盱，於端午節跳迎神舞時，掉進江裏失去蹤跡。曹娥當時十四歲，繞江啼哭七日七夜，不見父屍，自己跳入江中，五天後背着父親的屍體浮上水面。當地縣令度尚奏聞朝廷，封為孝女。度尚先請屬下魏朗撰寫碑文，久久未成，轉由十三歲的外甥邯鄲淳代筆，一揮而就。立碑於墓側。

據說碑建成後，中郎蔡邕聞名前來，夜無燈燭，用手摸挲碑文來讀，大為欣賞，在碑後書寫「黃絹幼婦、外孫齏臼」八個字，而有《世說新語》「魏武（曹操）嘗過曹娥碑下，楊修從。」的記述，經楊修解讀為「絕妙好辭」。

問題來了，根據歷史，曹操和楊修都不曾渡過江，沒有可能經過上虞的曹娥碑。因此這故事的可信性成疑。

寫《三國演義》的羅貫中察覺此問題，在第七十一回改寫了這故事，讓曹操在出兵漢中前，先到蔡邕藍田的家走一趟。說曹操跟蔡邕是老朋友，更有恩於蔡邕的女兒蔡琰（這是另一個故事）。蔡邕不在家，蔡琰接待了他們。曹操偶然在牆上看到曹娥碑碑文圖軸，聽蔡琰說她父親夜題八個字的經過，連她也不知道個中意義。跟着乃有楊修解謎的經過，與《世說新語》不同的是，曹操並沒有把答案寫下，他聽楊修解謎後只說「正合孤意」。以《三國演義》中曹操之奸詐，讀者可能懷疑他其實沒有猜到。另有一不同之處是《世說新語》中的曹操，走了三十里後才說想到，而《三國演義》卻是三里。

曹娥碑碑文最初是誰書寫的呢？所有能見的資料都說是蔡邕寫的，經千年風雨剝蝕之後，由王安石的女婿蔡卞臨摹重新樹立，一直保存至今。

問題來了，如果當年碑文是蔡邕所書寫，他早看過、寫過，又怎會聞名而後夜訪，以手摸挲，讚歎為「絕妙」呢？

那麼最初書寫者會不會就是撰文的邯鄲淳呢？

據考究，曹操、楊修、蔡邕都不曾到過石碑所在地上虞，有人說有另一個同名的蔡邕在上虞，他才是在石碑背後題詞人，那未免巧合了些。

有人在記載三國野史的《典略》[1]中見到另一段，說魏文（曹丕）經陳太丘（名實）墓，見碑上有題字「黃絹幼婦，外孫齏臼」，思之不解。楊修說：「陳實之墓，蔡邕之辭，鍾繇之書，絕妙好辭也。」跟《世說新語》差別更大，其中經輾轉相傳，離真事多遠，只能存疑了。

註　1.《典略》，三國時代魏國郎中魚豢所著。內容記載由周秦至三國，是抄錄諸史典故而成的中國古代野史著作，現已失傳。

十二、殺人等閒事

看《水滸傳》我不欣賞武松，他太嗜殺。第三十回〈張都監血濺鴛鴦樓〉，張都監謀害他，殺他就是，把無辜的婆媽、妹仔、唱曲的「手起一刀」、「刀早飛起，劈面門剁着」、「向玉蘭（唱曲的）心窩裏搠着」、「又入來，尋着兩三個婦女，也都搠死了在地下。」然後他說：「我方才心滿意足！」他在白粉牆上蘸血寫下八個字：「殺人者，打虎武松也。」還忘不了過去打虎的虛榮。他這晚連殺十五人。

讀《史記》[1] 寫秦將白起，「昭王十三年，攻韓、魏於伊闕，斬首二十四萬。」、「昭王三十四年，攻魏，斬首十三萬。與趙將賈偃戰，沉其卒二萬人於河中。」、「昭王四十三年，攻韓，斬首五萬。」昭王四十七年，與只曉紙上談兵的趙括戰，括被射殺，四十萬士卒投降，白起盡坑殺之，只遣返二百四十人。連前斬首者共四十五萬人。光一個白起，殺敵八十九萬。

因復仇而殺人，因戰爭而殺人，還算有他的「道理」，讀《世說新語》其中一事，殺人雖不多，卻更令人憤怒。

西晉石崇，家豪富，宴客時命美人行酒。如果客人不飲或少飲，石崇就要把美人斬首。丞相王導和大將軍王敦曾經被邀參加這種宴會，丞相不善飲酒，也勉強自己飲到醉了。大將軍故意不飲，以觀其變，結果石崇連殺三人，大將軍面不改容。丞相勸大將軍收手了，大將軍說：「由得他殺自家人，與你何干？」

一個殺人只是為炫富，一個不為所動只是逞強使氣，那賤民的性命算得什麼？

註

1.《史記》，二十四史之一，由西漢史學家司馬遷撰寫，是中國首本紀傳體通史，記載了上至上古傳說中的黃帝時代，下至漢武帝太初四年間，共三千多年的歷史。全書包括十二本紀（歷代帝王政績）、三十世家（諸侯國和漢代諸侯興亡）、七十列傳（重要人物的言行事蹟，白起正是其中一篇）、十表（大事年表）、八書（各種典章制度），合共一百三十篇。

小說發展期
（傳奇・話本）

十三、慧眼紅拂

唐朝杜光庭的《虯髯客傳》[1] 曾選為高中課文，我不欣賞其主旨，是人主自有神氣相貌，無人能及，見面之後就斷言「真天子也」！這分明是拍皇家馬屁。且撰文時，早已是李氏天下，事後孔明，任由他說嘴。

但文章的前半介紹了奇女子紅拂，確實寫得不錯。

她長得美，「有殊色」，「十八九佳麗人也」，「觀其肌膚儀狀，言詞氣性，真天人也。」當她晨間在牀前梳着委地長髮時，該多動人！

她善閱人，在司空楊素家裏見到李靖求見時不卑不亢的態度，豪士的自尊，滔滔的陳詞，「閱天下之人多矣，未有如公者」，就決定以身相許。而面對虯髯客無禮的注視，她「熟觀其面」，就知道他不是凡人，決定與之相交。

她有決斷，一決定要許身李靖，就立時打聽他的住處，深夜私奔。在那個年代該有多大的勇氣。

她有智慧，根據過去情況，估計楊素不足畏，「諸妓知其無成，去者眾矣。」他也不怎麼追究。她已詳細考慮過，別擔心！

她善結交，急急梳頭，上前行禮，請教姓氏，因同姓而認是妹，拉丈夫來認兄認弟，招呼飲食。多麼的豪爽，完全配合來客的風格氣勢。

文章很有電影感，上篇就有兩處：

一、夜奔

深夜，李靖睡夢中聽到悄悄的敲門聲。

「誰？」

一個模糊的回應。

李靖起牀掌燈開門，一個紫色的影子掩進。這人戴着帽子，肩挑一個布囊。

「我是楊司空家的紅拂。」邊說邊脫去外氅和帽子，眼前出現一個十八、九歲的美女，沒有化妝，卻穿得漂亮，深深向李靖行禮。

二、晨洗

早晨，開放式的旅舍，李靖在刷馬，紅拂在牀邊梳頭，長長的秀髮下垂到地。鍋裏煮着的羊肉散發着香氣。

一個長着鬈曲紅鬍子的漢子騎驢而來。綁好驢子，隨手拋下一個革囊在火爐前，拿一個靠枕斜斜臥着，目灼灼看紅拂梳頭。

這使李靖十分憤怒，想發作而按捺着，繼續刷馬。氣氛有點緊張。

紅拂邊梳頭邊打量這莽撞的來客，一手握髮，側着身子向李靖搖手，叫他忍着。

她急急梳好頭，整理好衣裳，上前行禮：「這位大哥貴姓？」

註 1.《虬髯客傳》，晚唐道士杜光庭所著，收錄在《太平廣記》中。故事以隋末羣雄爭霸為背景，牽引出李靖、紅拂女與虬髯客之間的俠義故事，後人稱為「風塵三俠」，唐人傳奇的代表作。

十四、奇女子

唐代的小說有一個專用詞：傳奇。其內容確實不同尋常，寫的是奇人、奇事、奇情。著名的篇目，多的是奇女子，大概在那個年代，女子的社會地位不平等，被迫匿居家中，能有特立獨行，就更顯得奇特，值得為之作傳。以女子為題的就有《鶯鶯傳》[1]、《李娃傳》[2]、《霍小玉傳》[3]、《謝小娥傳》[4]、《柳氏傳》[5]、《非煙傳》[6]、《任氏傳》[7]、《無雙傳》[8]、《紅線傳》[9]、《聶隱娘傳》[10]、《楊太真外傳》[11]⋯⋯我最欣賞的是《紅線傳》，作者袁郊。

背景：節度使之爭。潞州節度使薛嵩與魏博節度使田承嗣本是政治親家，薛嵩的女兒奉朝廷命嫁給田承嗣的兒子，目的是免得他們相鬥。可是田承嗣仍野心勃勃，說自己患肺氣，天氣炎熱加劇發作，如果移鎮山東（薛嵩勢力範圍），天氣涼冷，可多活幾年。

形勢：田承嗣在軍中挑選了三千名最勇武的士兵，名為「外宅男」，增加他們的糧餉，加緊操練，準備擇日吞併潞州。這使薛嵩十分憂心，寢食不安，卻想不到對策。

紅線：薛嵩的內記室（類似現代的私人秘書），識樂器，通經史，聰明多智，很得薛嵩信任。

任務：一個憂心難眠的晚上，紅線得薛嵩告知他的擔憂，主動提出為他解決難題，她於一更時候出發，二更便可覆命。

異能：紅線不到半個晚上便往返七百里，重重守衛下悄悄進入田承嗣寢室，盜取了他枕旁的金盒。

威脅：薛嵩派專使把金盒送回田承嗣。意思是隨時可取他首級。

結果：田承嗣送上三萬匹帛，二百匹好馬，還有種種珍寶，另加一信，說會改過自新，不再讓你擔心，那外宅男本是防盜賊之用，也會解散。

尾聲：紅線說明個人的來歷和根由後，向薛嵩辭別。薛嵩設宴餞行，灑淚而別。

這故事記述了一個俠女的智、仁、勇行為，她憑一人之力，兵不血刃，不戰而屈人之兵，化解了一場戰爭，挽救了許多生命。

這一篇文字的水平也是很高的。

細筆：通過紅線的描述，她現場所見田宅士兵夜間防守情況：「時則蠟炬煙微，爐香燼委，侍人四佈，兵器交羅。或頭觸屏風，鼾而嚲（音躲，垂下之意）者；或手持巾拂，寢而伸者。」(描寫侍從們睡得東倒西歪，垂頭打鼾，伸手伸腳。)

閒筆：通過紅線的描述，說她完成任務返回時所見所感：「出魏城西門，將行二百里，見銅臺高揭，漳水東流，晨飈動野，斜月在林。忿往喜還，頓忘於行役。感知酧德，聊副於依歸。」寫她完成任務後感到輕鬆，有心情欣賞午夜郊原景色。忘記了辛勞，喜悅於能報相知之恩。

註

1.《鶯鶯傳》，又稱《崔鶯鶯傳》、《會真記》，唐朝詩人元稹著。描述張生對崔鶯鶯一見鍾情，兩人相戀，後來張生赴京趕考，斷絕聯繫。及後各自婚配，張生回京，對崔鶯鶯情愫又起，最終還是斷了交往。元代王實甫把這故事改編成雜劇《西廂記》。
2.《李娃傳》，又名《節行娼娃傳》、《汧國夫人傳》、《一枝花》，白行簡著。唐人傳奇篇幅最長的小說。描述鄭生參加秀才考試，遇見李娃，深受吸引，於是求得李娃，錢財散盡。李娃與鴇母使計離開，鄭生唱輓歌維生，其父怒憤，令人將其打個半死。鄭生行乞，再遇李娃，李娃不忍，資助他考取功名。
3.《霍小玉傳》，蔣防著。描述隴西書生李益與霍小玉相戀，後來李益進士獲官，貪圖功名，另娶侍郎盧誌之女。俠客黃衫客義憤挾持李益往小玉家稱罪。小玉得知事實，悲憤而死。死後化作厲鬼，使李益夫妻不和。
4.《謝小娥傳》，李公佐著。描述俠女謝小娥，其父與夫婿被強盜所殺，二人託夢訴冤，小娥苦思報仇，終於在李公佐的幫助下，為父、夫雪恨。最後小娥遁入空門，剃髮為尼。此事便由李公佐寫成故事。
5.《柳氏傳》，許堯佐著。描述李生之婢妾柳氏愛慕寒士韓翊，李生與韓翃友好，將柳氏嫁韓翊。及後安史之亂，柳氏被蕃將沙吒利強佔。韓翊回到長安尋柳不遇，鬱鬱寡歡，幸而節度使侯希逸的部將許俊以計奪還歸韓翃。

6.《非煙傳》，皇甫枚著。描述步非煙紅杏出牆，偷戀公子趙象，最終私情洩露，慘遭摧殘而死的故事。

7.《任氏傳》，沈既濟著，是傳奇中的成熟作品。描述狐仙任氏，化為美人，士人鄭六知其為狐仙，仍然相戀。鄭六親戚韋崟也迷戀任氏，任氏嚴拒，韋崟不再堅持，資助鄭六與任氏。任氏報恩，也為韋氏介紹多個情婦。後來鄭六帶着任氏上任他鄉，途中被野狗辨認為狐，竟被咬死。

8.《無雙傳》，薛調著。描述劉震的女兒無雙，與劉的外甥王仙客青梅竹馬，互相愛慕。其後京城作亂，劉震允許無雙嫁仙客。及後亂平，無雙成宮女。仙客為驛官，輾轉得家人塞鴻、豪士古押相助，夫婦二人終可避禍歸故鄉。這故事收入《太平廣記》。明代陸采改編為劇本《明珠記》。

9.《紅線傳》，收錄於袁郊所著的《甘澤謠》，是著名的武俠傳奇。描述俠女紅線，幫助主公潞州節度使薛嵩抵抗魏博節度使田承嗣，事後她說前生是醫師，不慎用藥，害死一個孕婦與腹中的孿生子，故轉世被貶為女流之輩，如今已經贖罪，默默離開薛嵩。

10.《聶隱娘傳》，收錄於裴鉶所著的《裴鉶傳奇》。描述俠女聶隱娘於十歲時，被一個比丘尼綁架，授其武藝，並命其刺殺不義之人，及後成為魏博節度使田季安的殺手，為田家刺殺陳許節度使劉昌裔，卻因感佩劉昌裔為人，轉而投效其帳下，抵抗田季安。故事武俠味濃。

11.《楊太真外傳》，簡稱《太真外傳》，樂史著。取材於白居易《長恨歌》與陳鴻《長恨歌傳》，加上採納民間小說筆記中的逸事或靈異傳聞等，描述唐明皇與其貴妃楊太真的故事。梅蘭芳在1925年，根據《楊太真外傳》、《長生殿》改編為京劇，分為四本，也稱為《楊太真外傳》。

十五、快嘴女子

作家有意識地寫小説，可說是從唐代開始，名之為「傳奇」。最有名的包括《枕中記》[1]、《霍小玉傳》、《李娃傳》、《長恨歌傳》[2]、《鶯鶯傳》、《南柯太守傳》[3]、《虬髯客傳》、《柳毅傳》[4]等等。除了「看」的小說，還有「説」的小說，唐朝已開始有，宋朝後更盛，至今流行不衰，包括大鼓書、評彈等等。説書人根據的腳本，謂之「話本」，表演時往往有臨場發揮，但主幹部分不改。

話本流傳不多，但其痕跡存於章回小說中，如「欲知後事如何，且聽下回分解」的回目；每章開首的「話説」、「卻説」。

我比較喜歡的話本之一有《快嘴李翠蓮記》[5]，沒有才子佳人，沒有因果報應，説的是一個快人快語的農村女子如何捍衛她的個性和言論自由的故事。

李翠蓮的發言用韻文表達，趣味横生。讓我介紹幾段：

她出嫁前，爸媽為她擔憂，她自我表白，說自己能幹、伶俐、懂事，不用擔心。

爺開懷，娘放意。哥寬心，嫂莫慮。女兒不是誇伶俐，
從小生得有志氣。紡得紗，績得苧，能裁能補能繡刺；
做得粗，整得細，三茶六飯一時備；推得磨，搗得碓，
受得辛苦吃得累。燒賣、匾食有何難，三湯兩割我也
會。到晚來，能仔細，大門關了小門閉；刷淨鍋兒掩廚
櫃，前後收拾自用意。鋪了牀，伸開被，點上燈，請婆
睡，叫聲「安置」進房內。如此伏侍二公婆，他家有甚
不歡喜？爹娘且請放心寬，捨此之外值個屁！

翠蓮出嫁後第二天，一早，婆婆叫新媳婦梳妝收拾，她回答說：

不要慌，不要忙，等我換了舊衣裳。菜自菜，薑自薑，
各樣果子各樣妝；肉自肉，羊自羊，莫把鮮魚攪白腸；
酒自酒，湯自湯，醃雞不要混臘獐。日下天色且是涼，
便放五日也不妨。待我留些整齊的，三朝點茶請姨娘。
總然親戚吃不了，剩與公婆慢慢嘗。

聽她說的就知道很會做又懂事，不過婆婆不喜歡她一張嘴嘮叨不停。後來公公問她討個茶喝，翠蓮妥當的備好，奉茶時又說出一番話兒來：

> 公吃茶，婆吃茶，伯伯、姆姆來吃茶。姑娘、小叔若要吃，灶上兩碗自去拿。兩個拿着慢慢走，泡了手時哭喳喳。此茶喚作阿婆茶，名實雖村趣味佳。兩個初煨黃栗子，半抄新炒白芝麻。江南橄欖連皮核，塞北胡桃去殼柤（音渣，核桃仁中間的障隔物）。二位大人慢慢吃，休得壞了你們牙！

最後翠蓮還是不容於婆家，爭吵後把她休了。她回到娘家又被爸媽兄嫂埋怨責怪，她說：

> 孩兒生得命裏孤，嫁了無知村丈夫。公婆利害猶自可，怎當姆姆與姑姑？我若略略開得口，便去搬唆與舅姑。且是罵人不吐核，動腳動手便來拖。生出許多情切話，就寫離書休了奴。指望回家圖自在，豈料爹娘也怪吾。夫家娘家着不得，剃了頭髮做師姑……

翠蓮說「略略開得口」，未免原諒自己。說真的，她什麼也大發議論是有點惹厭，又從不檢討自己，而且行為衝動，走向極端。最後她真的出家了，聽眾不一定給她太多的同情，卻是愛聽她快嘴帶來的笑料。

註

1.《枕中記》，又稱《黃粱記》、《邯鄲夢》、《呂翁》等，沈既濟著。描述盧生考試落第，於客店中，有一老道士送他青瓷枕，店主正在蒸黃粱米飯，盧生睡在枕頭上做夢。夢中他娶妻又做官，忽遭陷害，流放多年，最後老死家中。夢醒後發現店主鍋裏的飯還沒煮熟，「黃粱一夢」的典故由此而來。這故事收入《太平廣記》。馬致遠的〈黃粱夢〉和湯顯祖的〈邯鄲記〉都受《枕中記》的影響。

2.《長恨歌傳》，唐人傳奇小說，作者陳鴻，當時白居易與陳鴻、王質夫同遊，話及唐玄宗與楊貴妃，白居易作《長恨歌》；而陳鴻寫《長恨歌傳》，描述楊貴妃由壽王李瑁府邸到入宮，至縊死於馬嵬坡，流傳甚廣。

3.《南柯太守傳》，出自《太平廣記》，唐代李公佐著。描述淳于棼因酒壞事，丟了官職，大醉得病，睡夢中被使者接往家中槐樹裏的「大槐安國」，在槐安國享盡榮華。及後他國來侵南柯郡，淳于棼大敗，又遭流言中傷，國王遣使者送他出槐安國。睡夢醒來，查看槐樹，槐安國與南柯郡原來是蟻穴。成語「南柯一夢」由此而來。明朝湯顯祖把此故事改編為劇本《南柯記》。

4.《柳毅傳》，又稱《洞庭靈姻傳》、《洞庭情記》，唐代傳奇小說，收入《太平廣記》。李朝威著。描述洞庭龍女遠嫁涇陽小龍王，受其夫君與公婆虐待，幸遇書生柳毅，為其傳家書至洞庭龍宮，得其叔父錢塘君營救，回歸洞庭，錢塘君感念柳毅恩德，即令之與龍女成婚。柳毅本無私心，嚴辭拒絕而去。但龍女對柳毅已生愛慕之心，自誓不嫁他人，幾番波折後二人終成眷屬。

5.《快嘴李翠蓮記》，作者不詳。明朝《清平山堂話本》收入了這篇小說。主角李翠蓮個性鮮明，嘴快不饒人，其中的語言藝術堪稱一絕。

小説興盛期

（講史・神魔・市人・狐鬼・諷刺・人情・才學・譴責）

十六、《三國》三絕

《三國演義》最流行的版本是清初毛宗崗的評本，他在〈讀三國志法〉[1]中還提出此書寫人物的「三絕」。

第一絕是賢相諸葛亮。他說古籍中賢相林立，而名高萬古者莫如孔明。他列舉孔明之「絕」是這樣的：

> 其處而彈琴抱膝，居然隱士風流。出而羽扇綸巾，不改雅人深致。在草廬之中，而識三分天下，則達乎天時……六出祁山，則盡乎人事。七擒（孟獲）八陣（圖），木牛流馬……鞠躬盡瘁，志決身殘。比管（仲）樂（毅）則過之，比伊（尹）呂（尚）則兼之。

第二絕是名將之關羽，其「絕」在：

> 青史對青燈（夜讀《春秋》[2]），則極其儒雅；赤心如赤面，則極其英靈。秉燭達旦，人傳其大節（關羽護送劉備兩位夫人，自己秉燭立於戶外，通宵達旦），單刀赴會（應魯肅之約），世服其神威。獨行千里，報主之志堅；義釋華容（華容道釋曹操），酬恩之義重……

第三絕是奸雄曹操，其「絕」在早期一些事件上表現得忠正，又能愛才，又有義氣，又能知人得士。武功方面，擊烏桓（一種異族）於塞外。對奸臣，能討伐董卓於生前（相比韓侂冑只能貶秦檜於死後）。「竊國家之柄而姑存其號（漢獻帝），異於王莽之顯然弒君。留改革之事以俟其兒（勝於劉裕之急於篡晉）。」

註

1. 〈讀三國志法〉，此文是清初文學批評家毛宗崗著，提及他對三國時代三位歷史人物的個人看法。收錄於《毛宗崗評本：三國演義》。毛宗崗對《三國演義》的評改功不可沒。他將羅貫中的原本加以修訂，從而形成了今日流行的一百二十回本。
2. 《春秋》，中國古代儒家典籍「六經」之一，首部編年體史書，也是周朝魯國的國史，據傳由孔子修訂而成。後來出現了很多對《春秋》所記載的歷史進行解釋的書，被稱為「傳」。代表作品是「春秋三傳」：《左傳》、《公羊傳》、《穀梁傳》。

十七、只願同年同月同日死

《三國演義》第一回，就有「桃園結義」的故事。劉備、關羽、張飛結為異姓兄弟，他們的誓詞是：

> **念劉備、關羽、張飛，雖然異姓，既結為兄弟，則同心協力，救困扶危，上報國家，下安黎庶。不求同年同月同日生，只願同年同月同日死。皇天后土，實鑒此心。背義忘恩，天人共戮。**

其實他們當時相識才一天，便立此重誓，未免快熱了些。

不過他們日後能遵守他們的誓言嗎？且看這一句：「只願同年同月同日死。」

三人中最先死的是關羽，建安二十四年（公元 220 年）冬，與兒子關平一同被孫權處斬。

劉備在得知消息後哭倒於地，眾文武急救，半晌方醒。

孔明勸他保重身體，徐圖報仇。他說：「孤與關張二弟桃園結義時，誓同生死。今雲長已亡，孤豈能獨享富貴乎！」(看來他並沒有忘記誓言。)

後來劉備又見關羽次子關興號哭而來，劉備大叫一聲，又哭絕於地，眾官救醒後，一日哭絕三五次，三日水漿不進，只是痛哭。淚濕衣襟，斑斑成血。

直到章武三年（劉備登帝位後的年號，公元 223 年），他才在白帝城託孤於孔明後病逝。

三弟張飛得知關羽被殺，「日夕號泣，血濕衣襟」。他的下屬用酒來勸解，誰知他醉酒後怒氣更甚，只要觸他之怒，就大加鞭撻，有被打死的。又「每日望南切齒睜目怒恨，放聲痛哭不已」。

張飛又去見劉備，一見劉備就拜伏於地，抱住他的腳大哭。劉備也哭。張飛還說:「陛下今日為君，早忘了桃園之誓！二兄之仇，如何不報？」劉備說因為多官諫阻，未敢輕舉。張飛說:「他人豈知昔日之盟？（看來他緊記於心）若陛下不去，臣捨此軀與二兄報仇！若不能報時，臣寧死不見陛下也。」

結果劉備答應張飛同往報仇。張飛卻因屬下不能速辦白盔白甲，鞭背五十。還說來日做不到，便要處斬。結果二人乘他熟睡，將他殺了。割下他的首級，投奔東吳去了。(時為公元 221 年，張飛就死在關羽逝世的第二年。)

劉備得知張飛死訊後：

「放聲大哭，昏絕於地。」

「哀痛至甚，飲食不進。」

「『二弟俱亡，朕安忍獨生！』言訖，以頭觸地而哭。」

最後劉備征吳報仇，最初頗具聲勢，最後卻敗於吳將陸遜之手，退居白帝城，病死在那裏。

這結義三兄弟在三年裏盡皆亡故，也算不違當日誓言了，但關羽的超級粉絲曹操，雖不能使關羽為他所用，卻在關羽逝世幾個月後便病死了。

十八、千呼萬喚始出來

《三國演義》中的靈魂人物諸葛亮，其出場的安排，作者羅貫中好一番經營。事實上劉備的三顧草廬，對今後政局的發展起了決定性作用。

諸葛亮自己也肯定此點，在〈出師表〉[1]中說：「先帝不以臣卑鄙，猥自枉屈，三顧臣於草廬之中，諮臣以當世之事，由是感激，遂許先帝以驅馳。」

杜甫的《蜀相》[2]總結諸葛亮生平的四句：「三顧頻煩天下計，兩朝開濟老臣心。出師未捷身先死，長使英雄淚滿襟。」也把這次相見放在重要位置。

作者先從旁人口中形容孔明，這旁人不是等閒之輩，是有奇才之稱的徐庶。曹操利用他對母親的孝念，要脅他離開劉備，為他所用。徐庶離開劉備前向他推薦了諸葛亮：

若得此人，無異周得呂望（姜尚），漢得張良矣。

以吾觀之，管（仲）、樂（毅）殆不及此人。此人有經天緯地之才，蓋天下一人也！

然後是劉備帶同關羽、張飛的三次探訪。

劉備置備禮物出發之前，來了一位稀客司馬徽，是一位閒雲野鶴的名士，本來是來探望徐庶的，聽劉備說徐庶推薦了諸葛亮，他也說：「(諸葛亮) 可比興周八百年之姜子牙，旺漢四百年之張子房。」再一次證明孔明之多能。

劉備第一次訪諸葛亮，只見到他的書僮，說先生蹤跡不定，歸期也不定。劉備只得歸去，歸途見一容貌軒昂，豐姿俊爽之人，疑是諸葛亮，卻是諸葛亮的朋友隱士崔州平，說了一番數與命的道理，暗示孔明終敵不過命數。

第二次是雪天去，先在路旁酒店中遇見諸葛亮兩位朋友，對談幾句，到了孔明住所，見到的卻是他的弟弟諸葛均。他也不知兄長去向，劉備只得留下一封信，請諸葛均轉交，說會齋戒沐浴後再來。走時又遇見一老者吟詩而來，卻只是諸葛亮的岳父。

第三次在新春時節，劉備占卜選了個好日子，齋戒三日，薰沐更衣，再去拜訪。再次受到兩位義弟潑冷水，但劉備堅持前往。這次孔明終於在家了，卻在睡午覺。劉備恭立階下半晌，引得張飛大怒。等到諸葛亮終於翻身將起，卻又朝裏壁再睡一個時辰才醒。直至作者覺得讓這「男神」考驗對方的誠意玩得差不多了，才讓他吟詩而醒：

大夢誰先覺，平生我自知。
草堂春睡足，窗外日遲遲。

千呼萬喚始出來，孔明這才正式出場。

可是在他準確地分析天下大勢，指明劉備前路，使劉備茅塞頓開，誠懇地邀他出山相助時，他卻說：「亮久樂耕鋤，懶於應世，不能奉命。」直至劉備說：「先生不出，如蒼生何！」說罷痛哭，哭得衣襟盡濕，諸葛亮才肯答應說：「將軍既不相棄，願效犬馬之勞。」

讀中國古典說部，寫一個人的出場像「三顧草廬」如此大花筆墨的，還不曾見有另一個。

註

1. 〈出師表〉，出自於《三國志・諸葛亮傳》，是三國時期（227年）漢丞相諸葛亮在決定北上伐魏奪取長安之前，給後主劉禪上書的表文。
2. 《蜀相》，是唐代詩人杜甫創作的詠史懷古七律詩。此詩借遊覽古跡，表達了詩人對蜀漢丞相諸葛亮雄才大略、輔佐兩朝、忠心報國的稱頌，以及對他出師未捷而身死的惋惜之情。

十九、機械人先驅

魯迅的《故事新編》[1]中有一則〈非攻〉，說的是墨子在楚王面前跟公輸般（古代巨匠，即魯班師傅）對質，結果贏了，打消了楚王征伐宋國的念頭。

事後他到公輸家吃午飯，公輸般拿了一件玩具出來，是一隻木頭和竹片做成的喜鵲。

「只要一開，可以飛三天。這倒還可以算是極巧的。」公輸般說。

但墨子不欣賞。

「可是還不及木匠做的車輪。」他看了一眼就放下。

「他削三寸的木頭，就可以載重五十石。有利於人的就是巧，就是好，不利於人的，就是拙，也就是壞的。」

以時代的眼光看來，墨子錯了，魯迅也錯了。一開可飛三天的喜鵲，屬機械人，尖端科學之一，絕對可以大大有利於人，比一般木匠的巧勝出許多，可為社會創造大量財富。

另一個機械人的記載見《三國演義》，諸葛亮北伐時，製作了木牛和流馬，用來運糧，載重可達四百斤以上。書上還有孔明手寫的製作方法，但從古至今，無人能據之造出一隻方便使用的機械獸。

但木牛、流馬的確是存在的，因為正史有記載。據多方考證，木牛、流馬是一種省力的板車，還是要靠人力推動或拉行的。

《南齊書．祖沖之傳》[2] 有記載説：「以諸葛亮有木牛流馬，乃造一器，不因風水，施機自運，不勞人力。」這種不靠人力、風力、水力的機械，是靠什麼推動的呢？不靠任何力量而能運作，這是現代機械人也沒法解決的事。

但這些記載起碼説明：機械人這門科學，在中國歷史上早已萌芽了。

註

1.《故事新編》，魯迅的一部短篇小説集，1922 年至 1935 年，根據古代神話傳説、傳奇改寫而成。包括：《補天》、《奔月》、《理水》、《採薇》、《鑄劍》、《出關》、《非攻》及《起死》。

2.《南齊書》，梁朝蕭子顯著。紀傳體史書，原名《齊書》。全書六十卷，《自序》一卷早已散佚，本紀八卷，志十一卷，列傳四十卷（祖沖之列於第三十三卷）。記載自齊高帝建元元年（479 年）至齊和帝中興二年（502 年）的南齊歷史。

二十、還我頭來

玉泉山一個名叫普淨的老和尚，在一個月白風清的晚上，忽聞空中有人大呼：「還我頭來！」仰面諦視，只見空中一人騎赤兔馬，提青龍刀，普淨認得是關公。他降下雲頭，要和尚指點迷途。普淨說：「昔非今是，一切休論，後果前因，彼此不爽。今將軍為呂蒙所害，大呼『還我頭來』，然則顏良、文醜、五關六將等眾人之頭，又將向誰索耶？」

事實是《三國演義》從第一回起，關公就不停斬人。第一回斬的是黃巾程遠志，長刀一起，揮為兩段。

跟着斬的是華雄，他是董卓部下，驍勇善戰。關公殺他回營，熱酒尚溫。

之後斬車冑，斬顏良、文醜，過五關斬六將（東嶺孔秀、洛陽孟坦和韓福、汜水卞喜、滎陽王植、滑州秦琪）。每次都是兩三個回合將對方解決。

老和尚說完後，《三國演義》的敍述是：「於是關公恍然大悟，稽首皈依而去。」

但之後設計陷害他的呂蒙，在慶功宴上，忽然失了常性，除了罵人外，還自稱是關雲長，説生不能啖他們的肉，死也要追他們的魂。跟着倒於地上，七竅流血而死。説明關公還未能覺悟，仇恨仍在他心底。

兩處出現矛盾，作者欠一解釋。

讀《三國演義》不若金庸小説之好看，一不知他一身武藝來自何處，那學藝過程應十分精彩。二沒有招式的描寫，總是幾個回合後手起刀落斬於馬下。羅貫中除不識武術外，想像力似也欠缺。

二十一、張飛的亮點

長篇小說中的重要人物，作者會給他以亮點。有的亮點較多，有的只有一兩點。

《三國演義》中的張飛是重要人物，但在「三顧草廬」中他扮演的是一個莽夫角色，每次劉備卑躬屈膝、禮賢下士，他都反對和阻止。

書中張飛最亮的一點在四十二回〈張翼德大鬧長坂橋〉。

趙雲抱着劉備的兒子阿斗闖出重圍，來到長坂橋前，由張飛攔阻追兵。

瞧他的樣子：只見張飛倒豎虎鬚，圓睜環眼，手綽蛇矛，立馬橋上。

對方的追兵：除追趙雲過來的文聘外，還有曹仁、李典、夏侯惇、夏侯淵、樂進、張遼、張郃、許褚等，都不是無名之輩，作者故意詳列，還讓他們一字排開，卻都不敢近前。

曹操的反應：急上馬親自來看。

張飛的神武表現：厲聲大喝：「我乃燕人張翼德也！誰敢與我決一死戰？」聲如巨雷。

對方的反應：盡皆股栗（驚到發抖）。曹操撤去傘蓋（怕張飛看到他的所在）。因為他聽關羽說過：「翼德於百萬軍中，取上將之首，如探囊取物。」

張飛又再呼叫挑戰，見對方無人應戰，挺矛喝曰：「戰又不戰，退又不退，卻是何故！」

對方的反應：喊聲未絕，曹操身邊夏侯傑（不在剛才眾將之列）驚得肝膽碎裂，倒撞於馬下。操回馬而走。於是諸軍眾將一齊望西逃奔。

最後作者以詩作結：

長坂橋頭殺氣生，橫橋立馬眼圓睜。
一聲好似轟雷震，獨退曹家百萬兵。

為顯張飛之神勇，作者不惜把曹操和他的部下寫得如此膽小和膿包，讀者姑妄聽之好了。

二十二、曹操的污名

在中國民間，曹操是奸人的代表，這要拜《三國演義》所賜。就像蔡邕因《趙五娘》[1]一劇之流行，成為大奸大惡之人，讓陸游慨歎「身後是非誰管得？滿城爭唱蔡郎中。」

曹操最為人不齒的故事，出自《三國演義》第四回，他因意圖行刺董卓被識破要逃亡，中途被守關兵士擒獲，幸得縣令陳宮欣賞他的所為，還陪他一同逃走。中途經過曹操世交呂伯奢家，借宿一宵。

呂伯奢歡迎他們借宿，說要去買樽好酒回來相待。

伯奢去後，他們聽到莊後有磨刀聲，因而起疑，同去竊聽。聽到有人說：「縛而殺之，何如？」曹操說：「是矣！今若不先下手，必遭擒獲。」於是拔劍直入，不問男女共殺八人。

走進廚房見縛一豬待殺，才知是誤會。

二人匆匆逃離，半路遇見買酒回來的呂伯奢，曹操又將他殺了。這使陳宮大驚說：「適才誤耳，今何為也？」（剛才殺人是因誤會，如今又是什麼緣故？）曹操說呂伯奢回家見多人被殺，一定會帶人來追，那就有難了。陳宮說：「知而故殺，大不義也！」這正是所有讀者心中所想，可是曹操說：「寧教我負天下人，休教天下人負我！」

陳宮想：「我將謂曹操是好人，棄官跟他。原來是個狠心之徒。」當晚就悄悄離開了他。

就是這個故事，讓所有讀者、聽眾、觀眾離開了他。

這個故事的可靠性有多大？陳壽的《三國志》[2]沒有記載，為《三國志》作註的南北朝人裴松之，列出關於此事的三個版本，分屬《魏書》[3]、《魏晉世語》[4]、《雜記》[5]，內容不盡相同。但《三國演義》因通俗故影響最大，曹操這污名洗不脫了。

註

1.《趙五娘》戲曲劇目。改編自《琵琶記》。敘述蔡邕娶趙五娘為妻，婚後應試進京，及第後入贅相府家。時逢荒災，五娘奉養公婆，待公婆先後病逝，求乞上京，夫妻始團聚。
2.《三國志》，西晉陳壽著，記載從東漢末年的黃巾之亂，直到西晉統一三國的歷史。全書六十六卷：《魏志》三十卷，《蜀志》十五卷，《吳志》二十卷，敘錄一卷，已散佚。原是各自為書，到北宋才合而為稱《三國志》。
3.《魏書》，王沈著，共四十四卷。原書久佚。曹魏年間，王沈與荀顗、阮籍一同撰寫。後來，王沈一人獨力完成。此書對史實多有隱晦，評價不高。
4.《魏晉世語》，郭頒著。該書共十卷，記述魏晉間名人軼事，補正史之缺。
5.《雜記》，又稱《異同雜記》，東晉孫盛著，是一部雜說逸事集。他撰寫的人物評議屢次被引用。

二十三、曹操志得意滿時

《三國演義》中，曹操最志得意滿在第四十八回，時為建安十三年冬一月十五日，曹操率百萬雄師征吳，駐軍長江之上。當時天氣晴朗，風平浪靜。天色向晚，月出東山，皎皎如同白日。曹操侍御者數百人，文武眾官依次而坐。到他講話了，說他起義兵以來，為國家除凶去害，誓願掃清四海，削平天下，所未得者只剩江南。到他收服江南之後，天下無事，跟大家共享富貴。

隨即行酒，到他喝得有點醉意時，口出狂言曰：「吾今年五十四歲矣，如得江南，竊有所喜⋯⋯昔日喬公與吾至契，吾知其二女皆有國色。後不料為孫策、周瑜所娶。吾今新構銅雀臺於漳水之上，如得江南，當娶二喬置之臺上，以娛暮年，吾願足矣！言罷大笑。」

看來這是他酒後的胡扯，是對敵方最大的輕視和侮辱，有失領袖人物的品格。不過人們並不當是小說家言，在《三國演義》成書之前的唐代，詩人杜牧已有詩云：「東風不與周郎便，銅雀春深鎖二喬。」

此時忽有羣鴉在月光下飛鳴而過，引起曹操詩興，取槊立於船頭，朗詠了他平生最佳詩作《短歌行》，叫大家唱和：

對酒當歌，人生幾何？譬如朝露，去日苦多。
慨當以慷，憂思難忘。何以解憂？惟有杜康。

月明星稀，烏鵲南飛。繞樹三匝，無枝可依。
山不厭高，水不厭深，周公吐哺，天下歸心。

正當大家歡笑之際，忽有揚州刺史劉馥來掃興，說烏鵲南飛是不吉之兆。曹操大怒，手起一槊把他刺死。

歷史記載劉馥確死於建安十三年，但沒說被曹操刺死，說不定又是羅貫中故意抹黑曹操的手筆。

《短歌行》，是曹操以樂府古題創作的兩首詩。第一首詩抒寫求賢和統一天下的壯志；第二首詩申明扶佐漢室之志，決無代漢自立之心。

二十四、文學的周瑜

周瑜（公元 175-210 年），字公瑾，三國東吳名將，少年英雄，人長得漂亮，三十來歲就做了都督，赤壁一役與劉備聯合，大敗曹操，奠定天下三分之勢。

以他名將的身分卻跟文學有很大的緣分。

欲得周郎顧

他熟悉音律，哪怕多喝了幾杯，也能察覺奏樂者的錯誤，會望他一眼。

那些仰慕周瑜的女演奏家，為了博周瑜望一眼，有人會故意彈錯。因此有「曲有誤，周郎顧」的民謠。唐朝詩人李端為此寫了一首《聽箏》[1]：

鳴箏金粟柱，素手玉房前。
欲得周郎顧，時時誤拂弦。

銅雀春深鎖二喬

在《三國演義》一百二十回書中，回目有四回有他的名字，另一回說的也是他的事。

不過因為有了諸葛亮，周瑜就被比了下去。

為了刺激周瑜決心抗曹，諸葛亮竄改了曹植的《銅雀臺賦》[2]，說曹操伐吳，目的是擄劫兩個美女：大喬和小喬。要把她們羈縻在銅雀台中，供他享樂。

《三國演義》中諸葛亮偽加的兩句是：「攬二喬於東南兮，樂朝夕之與共。」

諸葛亮假作不知大喬是吳主孫權的妻子，小喬是周瑜的妻子，這就使周瑜聲言：「吾與老賊誓不兩立！」

唐代詩人杜牧《赤壁》[3]詩：

折戟沉沙鐵未銷，自將磨洗認前朝。
東風不與周郎便，銅雀春深鎖二喬。

根據形勢，作出反向預測。結果與諸葛亮的說法無異，他可不曾讀過明代成書的《三國演義》，說不定倒是羅貫中受了他的影響。

人道是三國周郎赤壁

寫周瑜和赤壁的詩詞以蘇軾這首《念奴嬌 · 赤壁懷古》[4]最膾炙人口：

大江東去，浪淘盡，千古風流人物。
故壘西邊，人道是，三國周郎赤壁。
亂石穿空，驚濤拍岸，捲起千堆雪。
江山如畫，一時多少豪傑。
遙想公瑾當年，小喬初嫁了，雄姿英發。
羽扇綸巾，談笑間，檣櫓灰飛煙滅。
（檣櫓一作：強擄）
故國神遊，多情應笑我，早生華髮。
人生如夢，一尊還酹江月。
（人生一作：人間；尊：樽）

賠了夫人又折兵

《三國演義》中有「三氣周瑜」章節，最好看的是第二氣。周瑜向孫權獻計，要假意把孫權的妹妹孫尚香嫁給新喪妻的劉備。劉備過江招親，大肆張揚，又驚動長輩，取得他們同意。婚後周瑜想以逸樂生活迷糊劉備意志，亦被諸葛亮識破。最後劉備偕新夫人以祭祖為名逃離，周瑜追趕不及，又遇關羽殺出，下船逃命，岸上軍士齊聲大叫：「周郎妙計安天下，賠了夫人又折兵。」周瑜大怒，前受箭傷之金瘡迸裂，倒於船上，不省人事。

此事讓中國諺語多了一句「賠了夫人又折兵」，形容計算不成，招致雙重損失。

既生瑜，何生亮

周瑜想以「假途滅虢」之計取回荊州（周瑜建議協助劉備奪西川，跟着要劉備交還荊州），又被孔明識破。周瑜被氣至箭瘡復裂，墜於馬下。救醒後接諸葛亮來書，曉以利害，勸他罷兵。周瑜看了無話可說，聚眾將說：「吾非不欲盡忠報國，奈天命已絕矣。汝等善事吳侯，共成大業。」說完又昏絕。徐徐又醒，仰天長嘆曰：「既生瑜，何生亮！」連叫數聲而亡。

周瑜喪禮在柴桑舉行，諸葛亮前往致祭，他的祭文盛讚周瑜功績，說他「名垂百世」，而自己「哀君情切，愁腸千結」。最後說：「魂如有靈，以鑒我心。從此天下，更無知音。」祭畢伏地大哭，淚如泉湧。雖然龐統笑他作偽，我卻相信孔明真有喪失對手的哀傷。

後人不認同「既生瑜，何生亮」的遺憾，卻有「一時瑜亮」的讚美。瑜亮既可合作，打一場成功的赤壁之戰，也可以棋逢敵手，將遇良材，互為攻守，各自獲得最佳發揮。

在量度上，諸葛亮勝周瑜一籌，當然，這是小說家言。

註

1.《聽箏》，唐代詩人李端創作的五言絕句，描寫彈箏女子為了愛慕的人顧盼自己，故意將弦撥錯。
2.《銅雀臺賦》，三國時代曹植在鄴城銅雀台落成時所作，為漢賦中的經典作品，文辭華美。
3.《赤壁》，作者是晚唐詩人杜牧，他經過赤壁這個古戰場，有感於三國的英雄成敗而寫成此佳作。
4.《念奴嬌・赤壁懷古》，北宋文豪蘇軾的詞作，詞牌為念奴嬌，豪放詞的代表作。

二十五、扶不起的阿斗

如今人們對「富二代」、「官二代」都有不太好的印象，還有「二世祖」，更是貶詞，這詞來自秦二世胡亥。由併吞六國、統一天下的秦始皇到他手上才幾年，國勢已一蹶不振，成為強烈反差。另一個有名的二世祖是劉備的兒子劉禪，三國的蜀漢亡在他手上。神人般的諸葛亮也未能幫他建立穩固基業，因此有「扶不起的阿斗」這句俗語。

「阿斗」是劉禪的小名，據說他母親甘氏夜間做了一個夢，夢見自己仰首吞下北斗星，跟着懷孕生下一個男孩，小名就叫他阿斗。古代的帝王將相，出生往往有異象，多屬附會之言。

這阿斗在襁褓中也曾遇上一難，《三國演義》第四十一回，趙雲（子龍）人在馬上抱護阿斗在懷，敵將張郃追來，趙子龍連人帶馬顛入土坑，張郃挺槍來刺，忽然一道紅光，從土坑中滚起，那匹馬平空一躍，跳出坑外，使張郃大驚而退。想不到文學天才羅貫中，竟說這是阿斗乃真命天子的神蹟，有詩曰：

紅光罩體困龍飛，征馬衝開長坂圍。

後句「四十二年真命主，將軍因得顯神威。」(說劉禪在位四十二年，查前後共四十一年）再說這次趙子龍百萬軍中單騎救主，是《三國演義》中精彩章節。曹操看到趙子龍的神勇，也要讚一聲：「真虎將也，吾當生致之。」(曹操就是愛才)

當趙子龍來到劉備身邊，聽不到懷裏孩子啼哭，還以為保他不住，解開來看，才知嬰兒熟睡未醒。

劉備接過孩子，卻把他擲之於地說：「為汝這孺子，幾損我一員大將！」感動得趙子龍流淚下拜說：「雲雖肝膽塗地，不能報也！」(武人就是易騙)

章武二年，劉備病重，於病榻前一手掩淚，一手執孔明的手說：「君才十倍曹丕，必能安邦定國，終定大事。若嗣子（劉禪）可輔，則輔之；如其不才，君可自為成都之主。」(劉備就是會做戲騙人）諸葛亮聽了，除感動外，也不忘做戲。他手足失措，泣拜於地曰：「臣安敢不竭股肱之力，盡忠貞之節，繼之以死乎！」

最能表現諸葛亮輔佐劉禪心意的，是他出兵伐魏的〈出師表〉，是諸葛亮最被傳誦的名篇，其中叮囑劉禪的名句有：

誠宜開張聖聽，以光先帝遺德，恢弘志士之氣；不宜妄自菲薄，引喻失義，以塞忠諫之路也。(簡述就是：要聽忠諫)

親賢臣，遠小人，此先漢所以興隆也。親小人，遠賢臣，此後漢所以傾覆也。(殷鑑不遠)

陛下亦宜自謀，以諮諏善道，察納雅言。(多徵詢、接納有建設性的意見)

劉禪降魏（公元263年）後，被封為「安樂公」，把他遷往魏國都城洛陽居住。當時掌權的司馬昭在一次宴會上安排演奏蜀地歌舞，蜀漢舊臣想起亡國之痛，個個神傷，有人掩面流淚。劉禪卻怡然自若。司馬昭問劉禪：「安樂公，可想念蜀國？」劉禪回答說：「此間樂，不思蜀。」

後人用「樂不思蜀」形容那些樂而忘本、沒心肝的渾人，卻也有人說這是劉禪免禍之道，正如他父親劉備當年與曹操煮酒論英雄時，善自掩飾的智慧表現。

有兩點大家或許想不到：一、他在位四十一年，是三國時代在位年期最長的君主。二、他有七個兒子及兩個女兒，可算多產。

二十六、君子對壘

《三國演義》到了第一百二十回，已是最後一回，是時重點人物諸葛亮、劉備、關羽、張飛、曹操、周瑜等均已死去，書已經不好看。想不到其中有一節還有可讀性。

這時司馬炎已篡位立國為晉，蜀國已亡，吳主為孫皓。

孫皓命鎮東將軍陸抗屯江口，準備進攻襄陽。司馬炎命都督羊祜在襄陽堅守。

雙方暫時按兵不動。

有一天羊祜率諸將打獵，巧得很，陸抗也在這天出獵，雙方很容易在行獵過程中爆發衝突。

羊祜下令行獵不得過界。而且在打獵後檢點獵物，如果發現是吳人先射中的，將之送回。陸抗佩服對方軍紀嚴明，又不貪取。詢問送獵物過來的使者：「你們的主帥能喝酒麼？」回答說：「如有好酒，就愛喝幾杯。」

陸抗笑說：「我有親自釀造的好酒，請你代我送給羊都督，謝他打獵的美意。」

使者帶酒回歸，陸抗的部下問送酒可有用意？陸抗說只是禮尚往來。

那邊使者帶酒回去，陳述一切。羊祜高興的說：「他也知我善飲。」立即就要取飲。有部下說：「怕不怕其中有詐？」羊祜笑說：「陸抗怎會是下毒之人！」立即傾壺飲之。從此常相通問，有如朋友。

有一天羊祜得知陸抗身體不適，詢問情況後對使者說：「這季節的流行病大致相同，我前些時生病，服藥後已痊愈，請把我用過的藥帶一份回去，請將軍試用。」

使者把藥携回，將士們說：「羊祜是敵方，恐怕送來的不是好藥。」

陸抗說：「哪有毒害人的羊叔子！」(叔子是羊祜的字)

陸抗服了藥，第二天就好了。

後來孫皓催促陸抗進軍，陸抗回覆說未宜進軍的原由，還勸孫皓修德慎罰，安內而不要黷武。孫皓大怒，罷了他的兵權。後來羊祜也因年老病歿。

這故事讓我們看到兩位儒將的風度，軍事上敵對是一件事，但行事坦蕩，互相尊重，互相欣賞，甚至互相關心，在爾虞我詐的三國戰爭史上，這是罕見的一例。

二十七、金聖歎的大膽

金聖歎（公元 1608-1661 年）明末清初文學批評家，曾評點《水滸傳》、《西廂記》、杜甫詩等，見解過人。

他最推崇的書是《水滸傳》，認為更勝《史記》：「某（金自稱）嘗道《水滸》勝似《史記》，人都不肯信，殊不知某卻不是亂說。其實《史記》是以文運事，《水滸》是因文生事。以文運事是先有事生成如此如此，卻要算計出一篇文字來，雖是史公高才，也畢竟是吃苦事。因文生事卻不然，只是順着筆性去，削高補低都繇（由）我。」

他還說：「夫固以為《水滸》之文精嚴，讀之即得讀一切書之法也。」

他這番話固然說得大膽，更大膽的是把《水滸傳》一百回（或一百二十回）刪為七十回，說後面的不是施耐庵原作，而是羅貫中「橫添狗尾」。

更離譜的是他偽造了施耐庵的一篇〈水滸傳序〉放在前

面。又在第七十回補寫了一個夢，是在梁山好漢排座次，分三十六天罡、七十二地煞星之後，讓梁山第二號人物盧俊義做了一個夢，夢中一百零八條好漢全部處斬，而堂上出現「天下太平」四個字的牌額。因為他不贊同「招安」，令「罪歸朝廷，功歸強盜」。他還說自己根據的是古本，人家的是改竄。

不過他的刪削和點評確有助於閱讀，成為最流行版本。

我手上中華書局（1970 年）的版本，認為這是金聖歎從反對農民起義的立場來刪和改的，又把那「噩夢」刪去，改回一百二十回此節原貌。但接受他只剩七十回的刪節，連〈引言〉、〈楔子〉調整為七十一回。

二十八、梁山誓詞見高下

清代才子金聖歎評《水滸傳》，不但評，還大刀闊斧，把一百回的原書（另有一百二十回本），斬削為七十回。把後面梁山好漢接受朝廷招安，征遼、征方臘的部分刪掉，雖非他刪書的原意，卻使格調更為統一。

在七十回本的最後一回和一百二十回本的第七十一回，都有一篇誓詞，由首領宋江帶領宣讀。前者該是金聖歎照施耐庵原文改寫，我抄錄在下面。

施的原版：

梁山泊忠義堂上號令已定，各各遵守。宋江揀了吉日良時，焚一爐香，鳴鼓聚眾，都到堂上。宋江對眾道：「今非昔比，我有片言。今日既是天星地曜相會，必須對天盟誓，各無異心，死生相托，患難相扶，一同保國安民。」眾皆大喜。

各人拈香已罷，一齊跪在堂上。宋江為首誓曰：「宋江鄙猥小吏，無學無能，荷天地之蓋載，感日月之照臨，聚弟兄於梁山，結英雄於水泊，共一百八人，上符天數，下合人心。自今已後，若是各人存心不仁，削絕大義，萬望天地行誅，神人共戮，萬世不得人身，億載永沉末劫。但願共存忠義於心，同著功勳於國，替天行道，保境安民。神天鑒察，報應昭彰。」誓畢，眾皆同聲其愿，但願生生相會，世世相逢，永無斷阻。當日歃血誓盟，盡醉方散。

金的新版：

維宣和二年四月二十三日，梁山泊義士宋江、盧俊義、吳用……（共一百零八人略）同秉至誠，共立大誓：

「竊念江等昔分異地，今聚一堂；準星辰為弟兄，指天地作父母。一百八人，人無同面，面面崢嶸；一百八人，人合一心，心心皎潔。樂必同樂，憂必同憂；生不同生，死必同死。既列名於天上，無貽笑於人間。一日之聲氣既孚。終身之肝膽無二。倘有存心不仁，削絕大義，外是內非，有始無終者，天昭其上，鬼闞其旁；刀劍斬其身，雷霆滅其跡；永遠沉於地獄，萬世不得人身！報應分明，神天共察！」

誓畢，眾人同聲發願：「但願生生相會，世世相逢，永無間阻，有如今日！」當日眾人歃血飲酒，大醉而散。

兩個誓詞的分別：

一、前者宋江的語氣是代表他自己，後者卻代表一百零八人全體。當然以後者為宜。

二、前者有「同著功勳於國」、「保境安民」字樣，跟他們落草聚義的身分不配合。已有投降主義的臭氣和官味。後者強調兄弟同生共死的大義，壯哉！

三、兩者均用排偶，後者更鏗鏘有力。

相比之下，金勝。

二十九、金聖歎的教仔法

清代學人金聖歎在他的《水滸傳》序言中講及他對兒子的教育方法，包括兩點，我覺得即使是現代，也是值得效法的。原話是：

> 吾每見今世之父兄，類不許其子弟讀一切書，亦未嘗引之見於一切大人先生，此皆大錯。夫兒子十歲，神智生矣，不縱其讀一切書，且有他好；又不使之列於大人先生之間，是驅之與婢僕為伍也。

事實上孩子五歲，他就帶他出來坐在一角聽大人講話；孩子十歲就指導他讀《水滸傳》。

這兩點都值得做父母的學習。

一是五、六歲開始便可帶孩子出來見人，尤其是有學問有成就的人，讓他們感染這些人物的氣質、態度，半懂半不懂的聽他們講話，看他們寫字、畫畫、唱戲、演奏樂器……這就是一種浸染。不是看不起家中傭工，事實他們的學識有一定限制，總不及那些成名的各類翹楚。

藝術家水禾田有兩個女兒，很小就見她們乖乖的坐在講座第一排，聽藝術家發言。或許她們不能全部明白，但經常聽一定有得着。如今她們都有自己的藝術造詣。

二是鼓勵他們什麼書都看，不分類別，不分性質，即使部分書籍有問題，多看其他的書就能中和。父母如發現孩子所讀的書有偏頗，不必大驚小怪，畢竟好書比壞書多，可以與之討論，不必禁，更不應責怪。一個什麼書都看的人，才不會被偏見所迷惑，而且會是一個常識豐富、能包容、有見地、有趣味的人。

三十、投降派宋江

《水滸傳》一百零八條好漢聚義梁山，與官府作對，本應是造反派，但他們的頭頭宋江其實是個投降派。

本來的頭領晁蓋死後，宋江代替了他的位置。繼位後做了一件事，粗心的讀者不會留意，但意義重大。就是把大家相聚議事的「聚義廳」改為「忠義廳」。忠於誰？在那個年代是忠於君。宋江把一百零八位聚義的目標和方向悄悄轉移了。

這年九月，宋江舉辦了一個菊花會，大排筵席，除山寨的兄弟，但有下山的，不論遠近，都要回寨赴宴。這天酒山肉海，觥籌交錯。宋江乘着酒興，作了一首《滿江紅》[1]：

喜遇重陽，更佳釀今朝新熟。見碧水丹山，黃蘆苦竹。
頭上儘教添白髮，鬢邊不可無黃菊。
願樽前長敘，弟兄情如金玉。
統豺虎，御邊幅。號令明，軍威肅。
中心願，平虜保民安國。
日月常懸忠烈膽，風塵障卻奸邪目。
望天王降詔早招安，心方足。

這首詞說出了他的心願：「望天王降詔早招安，心方足。」招安後就成了皇家鷹犬，獲得官職，光宗耀祖。

宋江命好嗓子的樂和唱出，到了最後兩句，只見武松叫道：「今日也要招安，明日也要招安，冷了弟兄們的心！」黑旋風李逵大叫：「招安，招安，招甚鳥安！」只一腳，把桌子踢起，頓時粉碎。宋江大喝道：「這黑廝怎敢如此無禮！左右與我推去，斬訖報來！」後得眾人求情才免。

之後武松、魯智深都對招安提出質疑，宋江的解釋是：「眾弟兄聽說，今皇上至聖至明，只被奸臣閉塞，暫時昏昧，有日雲開見日，知我等替天行道，不擾良民，赦罪招安，同心報國，青史留名，有何不美？」至聖至明，卻被奸臣閉塞，這怎說得通？分明是個昏君。

元宵節到了，宋江要往京師看燈。可真有此閒情？抵京後冒稱自己是山東大財主，求見名妓李師師。可真有此風流？實因李師師是當今皇上街外情人。宋江想通過這關係面見皇上，陳述渴求招安，為朝廷效勞之忱。如果真是看燈，怎會隨身帶同黃金百両送李媽媽做見面禮？

宋江見着李師師了，還一同吃飯喝酒，他帶些酒意，書樂府詞一首：

天南地北，問乾坤何處可容狂客？
借得山東煙水寨，來買鳳城春色。
翠袖圍香，絳綃籠雪，一笑千金值。
神仙體態，薄倖如何消得！
想蘆葉灘頭，蓼花汀畔，皓月空凝碧。
六六雁行連八九，只等金雞消息。
義膽包天，忠肝蓋地，四海無人識。
離愁萬種，醉鄉一夜頭白。

詞寫了自己、寫了師師、寫了抱負、寫了情懷，倒是不錯。師師反復看了，不解其意。除了有啞謎似的「六六雁行連八九」外，宋江本意還是寫給皇帝看的。那「忠肝蓋地」忠的就是君。

至於「六六」是三十六天罡，「八九」是七十二地煞，共一百零八位兄弟。等待看不懂的詢問時可細說端詳。

宋江等人與師師用膳時報稱皇帝來了，宋江暫且迴避，他在暗地裏跟柴進説：「今番錯過，後次難逢，俺三個（還有一個是燕青）就此告一道招安赦書，有何不好！」宋江從未忘記此行目的。是柴進認為還不是時候，結果被差遣去看門的李逵發脾氣放火又打人，結束了這次相會。

後來還是由燕青再訪李師師，師師對這綽號浪子的燕青有意思，帶他見了天子，說定了招安的事。

宋江終於完成他投靠朝廷的大業，作者似亦對此肯定，總結曰：「義士今欣遇主，皇家始慶得人。」

註　1.《滿江紅》，為一詞牌名，《水滸傳》描寫宋江調寄《滿江紅》作詞，而歷史中最著名的一首則為宋朝名將岳飛所作。

三十一、不該有的悲劇

某年三月二十八日，是天齊聖帝降誕之辰。泰安州東嶽廟有個酬神盛會，附近各地的人紛紛前來燒香，觀看武術表演，最精彩的節目卻是相撲比賽。

《水滸傳》作者對此項活動看來有認識，把當時氣氛、景況、程序都寫得真切。

且看大環境：原來廟上好生熱鬧，不算一百二十行經商買賣，只客店也有一千四五百家，延接天下香客。

近一點看：那日燒香的人，真乃亞肩疊背，偌大一個東嶽廟，一湧便滿了。屋脊樑上都是看的人。

再看台上主角任原如何出場：十數對哨棒過來，前面列着四把結繡旗，那任原坐在轎上，這轎前轎後三二十對花胳膊（紋身）的好漢，前遮後擁，來到獻台上。

作者描繪了他一身令人喝彩的打扮後，讓他致詞：「四百座軍州，七千餘縣治，好事香官，恭敬聖帝，都助將利物（獎品）來，任原兩年白受了（無對手），今年辭了聖帝還鄉，再也不上山來了。」

一個民間相撲冠軍，因無對手，白拿了兩年獎品，決定退休了。這樣的人甚是難得。梁山好漢燕青挑戰他，讀者期盼的是一場好鬥，最後不論誰贏誰輸，應是惺惺相惜。可惜故事的發展太使我們失望了。

這樣的冠軍才鬥三招，便被頭下腳上，攛下表演台。作者唯一點出的相撲招數只是「鵓鴿旋」，整場比拼一點不好看。他的徒弟不去救護師父，卻上台爭搶獎品。這就激惱了觀戰的梁山好漢李逵，他先是折斷兩根杉木打將去，後來「看任原時，跌得昏暈，倒在獻台邊，口內只有些游氣。李逵揭塊石板，把任原頭打得粉碎。」

對待一個並無任何劣跡，身受重傷的競技好手，這樣的梁山好漢，竟全無憐憫之心，把他的頭打得粉碎，使我對梁山這班號稱「替天行道」的「義士」為之齒冷。而作者白白浪費了一次記錄民間賽會的文學表達。可說是一場不該有的悲劇。

三十二、不幸刺文雙頰

《水滸傳》第三十八回，宋江在潯陽樓題反詩，其中有兩句：「不幸刺文雙頰，那堪配在江州。」

第三十五回，宋江承認「一時恃酒爭論鬥毆」，誤殺了閻婆惜。官判「脊杖二十，刺配江州牢城」。這裏是三種刑罰：脊杖，用木杖打背脊；刺，在臉上刺字；配，充軍到遠方。

但說這個「刺」刑，是在臉上刺字，又稱「墨刑」或「黥」。

這種刑罰從春秋時代已開始，直到清末才停止。目的是防止逃脱，精神羞辱。歷史上最有名的黥刑犯是秦末的英布，又稱黥布，《史記》有〈黥布列傳〉[1]。

水滸好漢中曾被刺配的，除宋江外，還有：林沖刺配滄州，武松刺配孟州，楊志刺配大名府，朱仝刺配滄州，盧俊義刺配沙門島。

《水滸傳》第二十八回，寫武松去對付蔣門神之前，討了一個膏藥，貼了臉上金印。説明這恥辱標記，能遮掩還是要遮掩的。

古代特殊軍旅士兵也有刺字作歸屬番號的。北宋大將狄青當兵時曾黥面，到他成為統兵將領時，仁宗皇帝器重他，賜藥與他消褪臉上的字。狄青拒絕了。他要跟其他面有刺字的士兵一樣，甚至還用酒灑面，讓字跡更顯。這心理上營造的同袍感，確實非凡。

詩人聶紺弩在文革時打成右派繫獄，有吟林沖詩：「男兒臉刻黃金印，一笑身輕白虎堂。」黃金印，臉上刺字；白虎堂，林沖被冤屈處。暗喻右派封號如臉上刺字，反正都這樣了，還怕什麼？

註

1. **〈黥布列傳〉，收錄於《史記》中。黥布，原名英布，因受秦律被黥，又稱黥布。秦末漢初名將，及後投靠項羽，為西楚名將，後來歸附劉邦，被封為九江王，最後謀反而被殺。**

三十三、灰暗的結局

佩服金人瑞（金聖歎）大刀闊斧，劈走《水滸傳》的後半部，留下精彩的前七十回。那七十回之後，人物失了個性和光彩，替天行道的梁山義士成了朝廷炮灰。第七十回在金聖歎的改動下，以一場噩夢處斬了一百零八條好漢，求仁得仁，不枉聚義一場。

轉看那一百二十回，一百零八個好漢的下場，使人唏噓。這可算是招安的悲劇。

在替朝廷征遼、征方臘之後，陣亡五十九人，包括張清、劉唐、史進、張順、阮小二、阮小五、石秀、解珍、解寶、扈三娘、孫二娘等。在路上病故的有十人，包括林沖、楊志、白勝、時遷等。魯智深在六和寺坐化，武松於六和寺出家，公孫勝則於薊州出家，剩下宋江等二十七人回來朝見皇上。起初獲得封賞，作者為他們作簡單交代後寫最後五人：盧俊義、宋江、吳用、花榮、李逵的結局。

奸臣蔡京、童貫、高俅、楊戩仍在，被宋江形容為聖明的徽宗依然昏庸。盧俊義被召見後，皇帝賜以御膳，卻被下了毒，回任所時毒發墮水而死。書中說是奸賊下毒，皇帝知不知道其實可疑。

同樣的事發生在宋江身上，御賜毒酒，書上說皇上「沉吟良久」、「上皇無奈，終被奸臣讒佞所惑」，寫得再明白沒有，是皇帝同意毒殺宋江的了。

更大的悲劇不止於此，宋江在知道自己中毒後，怕直性子的李逵為他報仇，竟同樣在李逵酒中下毒，下面是他對李逵的表白：

> 「兄弟，你休怪我！前日朝廷差天使，賜藥酒與我服了，死在旦夕。我為人一世，只主張『忠義』二字，不肯半點欺心。今日朝廷賜死無辜，寧可朝廷負我，我忠心不負朝廷。我死之後，恐怕你造反，壞了我梁山泊替天行道忠義之名。因此，請將你來，相見一面。昨日酒中，已與了你慢藥服了，回至潤州必死。你死之後，可來此處楚州南門外，有個蓼兒窪，風景盡與梁山泊無異，和你陰魂相聚。我死之後，屍首定葬於此處，我已看定了也！」
>
> 言訖，墮淚如雨。李逵見說，亦垂淚道：「罷，罷，罷！生時伏侍哥哥，死了也只是哥哥部下一個小鬼！」言訖淚下，便覺道身體有些沉重。當時灑淚，

拜別了宋江下船。回到潤州，果然藥發身死。李逵臨死之時，囑咐從人：「我死了，可千萬將我靈柩去楚州南門外蓼兒窪和哥哥一處埋葬。」囑罷而死。

為了不想朝廷為難，有損他的愚忠，不惜毒死自己的弟兄。讀書至此，我對宋江尚餘的一絲好感，亦蕩然無存。

那邊兩位兄弟吳用和花榮，同樣做夢夢見宋江和李逵已逝，墓在蓼兒窪，先後趕來，竟雙雙縊死於墓側。

我覺得他們為這樣的愚忠失義之人死得不值。

更覺《水滸傳》看七十回已夠。

三十四、一百零八個諢號

諢號粵語叫「花名」，多從外貌得來，如肥仔X、四眼X，也有根據性格、特長、嗜好、生理特徵、特殊經歷被戲謔地安上，當事人即使不喜歡也禁不了別人的嘴。

古典小說中人物最多諢號的是《水滸傳》，光梁山好漢便有一百零八個。《三國演義》就少得多，我們記得的只有「卧龍先生」、「周郎」幾個。

有人把一百零八個諢號分為七類，有道理，我把它們分類統計了一下。

一	動物	三十個	如撲天雕李應、雙尾蠍解寶、插翅虎雷横
二	相貌	十六個	如醜郡馬宣贊、青面獸楊志、赤髮鬼劉唐
三	兵器	七個	如大刀關勝、雙鞭呼延灼、金槍手徐寧

四	神話人物	八個	如立地太歲阮小二、活閻羅阮小七、喪門神鮑旭
五	性格	十四個	如及時雨宋江、浪子燕青、急先鋒索超
六	職業、技能	二十二個	如神機軍師朱武、神行太保戴宗、菜園子張青
七	古人	三個	小李廣花榮、病尉遲孫立、小溫侯呂方

有幾個字詞是要解釋的，一百零八個中有病關索、病尉遲，「病」不是生病、不健康，在宋代有「超過」、「勝過」的意思，同「賽」，如賽仁貴。如加「小」字，是近乎而稍遜，如小李廣、小溫侯、小霸王。

「旱地忽律」的「忽律」是鱷魚或四腳蛇。「井木犴」是二十八宿之一，《封神演義》[1] 中沈庚死後封井木犴。犴是一種野狗類動物。

宋江被稱「及時雨」外，又有「呼保義」稱號，「保義」乃低級小吏，宋江以此自呼。

你可有一個愜意又恰切的諢號？最怕是生得矮被人叫「高佬」。

註 1.《封神演義》，俗稱《封神榜》，又名《封神傳》、《商周列國全傳》、《武王伐紂外史》，是一部神魔小說，明朝許仲琳著。全書共一百回。描述商紂王題詩調戲女媧、蘇妲己進宮魅惑紂王，姜子牙輔佐周武王伐紂，諸仙鬥智鬥法，最後姜子牙封諸神和周武王封諸侯。

三十五、七十二變

大家都以為《西遊記》[1]中，孫悟空的師父是唐三藏，其實他真正的師父是須菩提。悟空拜他為師，學習了十多年之久。學習的內容包括言語禮貌，講經論道，習字焚香，而最重要的是長生妙道。但成就了悟空一身本領的卻有兩樣：七十二般變化和筋斗雲 。

書中同樣懂得變化的還有二郎神，第六回中兩人鬥法互變。悟空變麻雀，二郎變雀鷹；悟空變大鷲老，二郎變大海鶴；悟空變魚，二郎變魚鷹；悟空變水蛇，二郎變灰鶴；悟空變花鴇，二郎現原身用彈弓射他。

二郎每次變身都佔了上風，結果悟空不再變生物，而變了一座土地廟。大張着口似廟門，牙齒變做門扇，舌頭變做菩薩，眼睛變做窗欞，只有尾巴難收藏，豎在後面做了旗杆；卻因違背了常例，被二郎識破。

看來妖精的尾巴最是累事，狐狸精就因尾巴變不走會被人識破。

說是七十二般變化，哪七十二般，書中並無詳列，看來只是一個約數。悟空多次變人，他變過二郎神的爺爺，變過豬八戒的老婆，變過身穿百衲衣的老真人，變過小妖（只變不掉猴子的紅屁股），變過牛魔王……這些都是即興之作，不會包含在七十二變之列。除了悟空和二郎神，八戒也會變，說他有三十六般變化。高老莊招親，起初樣子沒那麼醜，後來才暴露了豬嘴。

悟空是怎樣學會變化的？書中語焉不詳。只是說師父傳了他口訣，悟空自學自練。其實這一節可大作文章，把方法娓娓道來，讓讀者覺得言之成理。我如今出一題目，就請讀者試寫悟空學習變化的經過：他選擇了變什麼？師父要他掌握什麼竅妙？他起初變得並不理想，可能變出了一個四不像。最後他終於成功，他又如何繼續練習？這期間可以有不少笑料，你可有興趣一試？

註

1.《西遊記》，又稱《西遊釋厄傳》，是中國首部章回體長篇神魔小說，明朝吳承恩著。全書一百回，講述了孫悟空大鬧天宮、唐僧出身及與徒弟孫悟空、豬八戒和沙悟淨等師徒四人前往西天取經，歷八十一難，取經成佛。師徒返回唐國後，復返西方，修成正果，得到封號。

三十六、生死簿的迷思

其實《西遊記》可當童話書看，裏面所說別認真看待。雖然童話中容許狐狸講話，夜鶯唱歌，但事物仍要求一定的合理性。

《西遊記》中有一個「幽冥界」，裏面有十殿閻王，管人生死，其享壽年數均有「生死簿」記錄。

孫悟空查到他自己的一條是：「孫悟空乃天產石猴，該壽三百四十二歲，善終。」

孫悟空用筆蘸了濃墨，把自己和一些猴類的名字勾銷了。那就是說他已超脫生死。

作者所在年代，記錄的簿冊和書寫工具就是筆墨紙張，因此絕不會想到用電腦儲藏。我不禁想：

世界有這麼多人口，需要多少簿冊記載？

世上有許多國家，以不同文字書寫名字，幽冥界得聘用多少專才，才能把他們正確無誤地記載？

新人誕生要記上，舊人死亡要註銷，這是多麼繁重的工作？又有說法，做善事會加壽，做壞事會減壽，每天的加加減減得由多少工作人員跟進？

《西遊記》還說，生死簿還分十類：臝蟲、毛蟲、羽蟲、昆蟲、鱗介……這些非人類生物也有名字嗎？如何登記？牠們也有靈魂會被帶領、拘捕、處理？以昆蟲來說，一次人類的滅蟲行動死者以千百計，也要逐一登記？

昆蟲也有靈魂？也要派出勾魂使者帶領？那需要多大的「人」力？

生死簿以什麼為序排列？筆畫？字母？出生日期？任何方法都因相同者多，排了等於沒排。從千萬個名字中找某一個得花多少時間？

除生死簿外，還有姻緣簿，由一位月下老人管理。光是小小的香港，婚姻註冊署有多少人員才能運作？這經辦全人類婚姻事務的月老，得有多大的能耐？難怪世間有如此許多的錯配。

生死簿也好，姻緣簿也好，都是出於一種信念：萬事莫非前定。帝王將相，英雄豪傑，也拗不過你的命。

三十七、五指山和緊箍咒

中國古典小説中，唯一最接近兒童文學的，是明朝吳承恩的《西遊記》，而最受孩子喜愛和崇拜的是美猴王孫悟空。

孫悟空神通廣大，超越生死，視權威如無物，大鬧天宮，連玉皇大帝的位置也想搶奪。這頑劣無比的傢伙該如何收服？作者安排了兩道法寶，五指山和緊箍咒。

當我們年輕時，也叛逆，天不怕、地不怕，卻同樣面對五指山和緊箍咒，來自父母、上級、社會、國家以及道德、律法教育帶來的約束。

當我們初出茅廬，也會翻筋斗，打虎跳，最後才發覺逃不脱社會傳統勢力的五指山。當我們青春少艾，情懷浪漫於革命、戀愛，看輕了眾口鑠金，人言可畏，這些都是你做人做事的緊箍咒。

五指山出現在第七回，孫大聖在如來佛祖的手掌上一個筋斗翻出去，見到五根肉紅柱子，以為到了路的盡頭。他拔下一根毫毛，變作一管濃墨雙毫筆，在中間的柱上寫了一行大字：「齊天大聖，到此一遊。」作者又以神來之筆表現其猴性，讓他在第一根柱子根下撒了一泡猴尿，卻原來他根本沒能離開如來佛的手掌。

緊箍咒出現在十四回，觀世音給唐僧一頂花帽，其實是一個金箍，讓悟空戴上就除不下，唐僧一念緊箍咒，哪怕他在萬里之外，也能遙控，痛得他「豎蜻蜓，翻筋斗，耳紅面赤，眼脹身麻」。

這一節好笑在出家人本應不打誑語的唐僧，竟騙悟空說：「是我小時候戴的。這帽子若戴了，不用教經，就會念經……」不知他老人家可有其他說謊紀錄。

這金箍對悟空當然是一束縛，他一直沒有忘記，作者也沒有忘記。到了全書最後的第一百回，取經的事已大功告成，悟空對唐僧說：「師父，此時我已成佛，與你一般，莫成還戴金箍兒，你還念什麼『緊箍兒咒』掯勒我？趁早兒念個『鬆箍兒咒』，脫下來打得粉碎，切莫叫那什麼菩薩再去捉弄他人。」(看來他心中有氣，對觀音也不那麼尊敬)

唐僧道：「當時只為你難管，故以此法制之。今日成佛，自然去矣。」

行者舉手去摸一摸，果然無了。

讀到此處，不禁摸摸自己，我的箍兒可還在麼？而芸芸眾生，恐怕大多至死未除。

三十八、好女婿豬八戒

《西遊記》中唐僧的三個徒弟：悟空、悟能、悟淨，樣子最不像人的是悟能豬八戒，所以有歇後語：豬八戒照鏡子——裏外不是人。但他的個性和行事，卻最是人性化。

他愛吃、愛玩、喜歡女人。作為一個普通男人，正常得很。

在第十八回八戒高老莊招親一節中，他更是一個好女婿。如他自己所說：「我也曾替你（老婆）家掃地通溝，搬磚運瓦，築土打牆，耕田耙地，種麥插秧，創家立業。(都是有建設性的粗重工夫）如今你身上穿的錦，戴的金，四時有花果觀玩，八節有蔬菜烹煎⋯⋯(討老婆歡心的丈夫)」

在他丈人口中，八戒也不是一無是處：「一進門時，倒也勤謹，耕田耙地，不用牛具；收割田禾，不用刀杖。昏去明來，其實也好。」

丈人嫌他什麼呢？貌醜、食量大、行動嚇人、禁閉他女兒，最介意的是人言可畏，女兒嫁了妖怪，壞了他清名，疏了他親戚。

是唐僧西天取經的偉大任務，讓八戒捨棄嬌妻，但臨走還是殷殷囑咐，對高老唱個喏道：

> 「上覆丈母、大姨、二姨並姨夫、姑舅諸親：我今日去做和尚了……丈人呵，你還好生看待我渾家（老婆），只怕我們取不成經時，好來還俗，照舊與你做女婿過活。」

這番話說明他仍念夫妻情分，也有留有後着的俗世智慧。

三十九、吳承恩私改《聖教序》[1]

唐玄奘經千辛萬苦西行印度取經歸來，唐太宗大感欣慰，敕命他在長安弘福寺中翻譯梵經，並為他翻譯的經文寫了一篇序文，這就是《聖教序》。高宗永徽四年，玄奘為安置佛經建立五層磚塔，特請書法名家褚遂良書寫《聖教序》和高宗的《聖教序記》[2]。後來又有王羲之後人僧侶懷仁，集王羲之的字另外湊成了《懷仁集王羲之書聖教序》[3]，兩者都是中國書法的經典，後世臨摹者無數。

在《聖教序》中描繪了玄奘經歷的困苦：

> 乘危遠邁，杖策孤征。積雪晨飛，途閒失地；驚砂夕起，空外迷天。萬里山川，撥煙霞而進影；百重寒暑，躡霜雨而前蹤。誠重勞輕，求深願達，週遊西宇，十有七年。

也寫了傳經的影響：

> 爰自所歷之國，總將三藏（佛教經典的三類：經藏、律藏、論藏）要聞，凡六百五十七部，譯布中夏，宣揚聖業。引慈雲於西極，注法雨於東垂（埵）。聖教缺而復全，蒼生罪而還福……

在《西遊記》的第一百回也寫了唐太宗寫《聖教序》的事，並全文刊載。這篇四六句的駢文，比較古奧，相信少年讀者大多略過。可是如認真一讀，並且跟《聖教序》碑文比較，會發覺吳承恩曾作若干改動，而主要是數字。

《聖教序》碑文的「週遊西宇，十有七年」，到了《西遊記》裏卻變成「十有四年」。碑文的「凡六百五十七部」變成「凡三十五部，計五千四十八卷」。小說利用史實是可以的，但竄改文物以就故事，卻是難以接受的。

註

1. 《聖教序》，是《大唐三藏聖教序》的簡稱。唐初玄奘赴西域取經，往返共歷十七年，回長安後，翻譯佛教要籍，唐太宗特製此序，表彰其事，冠於諸經之首。
2. 《聖教序記》，唐高宗永徽四年（公元 653 年）立二石，由褚遂良書於石碑，楷書代表作。兩塊碑石分別鑲嵌在大雁塔底層南門門洞兩側，上碑為序碑，全稱《大唐三藏聖教序》（《聖教序》），唐太宗李世民撰文。下碑為序記碑，全稱《大唐皇帝述三藏聖教序記》（《聖教序記》），唐高宗李治撰文。此二石碑文又稱《雁塔聖教序》。
3. 《懷仁集王羲之書聖教序》，簡稱《王聖教序》。唐高宗咸亨三年（公元 672 年）弘福寺懷仁和尚把《聖教序》內文，以王羲之行書字湊成，刻於石碑。

四十、張竹坡一生做了一件事

張竹坡（公元1670-1698年）活了二十八歲，文學點評家，一生只做了一件事，卻使一本書獲得新生，並且擁有榮耀地位，他也因此在文學史留名。

這本書名《金瓶梅》[1]，因為有色情描寫，被視為淫書，但張竹坡為它寫了十餘萬字的評論，確定它是四大奇書（馮夢龍定《三國演義》、《水滸傳》、《西遊記》、《金瓶梅》為四大奇書，那時《紅樓夢》還未面世。）之首。並且否定它是淫書，說它價值可比《史記》，說寫《史記》還比寫《金瓶梅》容易，而以張竹坡點評的《金瓶梅》最為暢銷。

《金瓶梅》的作者署名「蘭陵笑笑生」，真人是誰，眾說紛紜，有數十之多，至今未有定論。

張竹坡寫過一篇〈批評第一奇書金瓶梅讀法〉[2]，試舉其中部分：

凡人謂《金瓶梅》是淫書者，想必伊只知看其淫處也。若我看此書，純是一部史公文字。

今有和尚讀《金瓶梅》，人必叱之，彼和尚亦必避人偷看。不知真正和尚，方許他讀《金瓶梅》。

今有讀書者看《金瓶梅》，無論其父母師傅禁止之，即其自己，亦不敢對人讀。不知真正讀書者方能看《金瓶梅》，其避人讀者，乃真正看淫書也。

未讀《金瓶梅》，而文字如是，既讀《金瓶梅》，而文字猶如是，此人直須焚其筆硯，扶犁耕田，為大快活，不必再來弄筆硯自討苦吃也。(意思說看了《金瓶梅》而寫作無進步，不如回鄉耕田。)

註

1. 《金瓶梅》，又名《金瓶梅詞話》，中國首部長篇世情章回小說，蘭陵笑笑生著。小說從《水滸傳》中西門慶勾引潘金蓮，殺潘夫武大郎，最後被武松所殺的情節而展開。書名從西門慶的三個妾婢潘金蓮、李瓶兒、龐春梅的名字中各取一字而成。實則「金」代表金錢，「瓶」代表酒，「梅」代表女色。現存流行版本共一百回。
2. 〈批評第一奇書金瓶梅讀法〉，張竹坡著，寫出一百零八種讀法，使《金瓶梅》廣泛傳播與被接受。

四十一、大快人心的悲劇

馮夢龍根據宋懋澄寫的傳奇〈負情儂傳〉[1]，寫了〈杜十娘怒沉百寶箱〉[2]，收在《警世通言》[3]卷三十二，是一篇激動人心的故事，使人憤慨、傷感，卻又大快人心。許多劇種都曾加以改編。

故事講教坊名姬杜十娘，與太學生李甲相戀。她想跳出火坑從良，為自己贖了身，兩人乘舟回李甲家鄉。船抵瓜州渡頭，另一隻船上的鹽商子弟孫富見十娘美色，利用李甲害怕父親責備的心理，建議以千金換取十娘，李甲居然答應。李甲把決定告知十娘，十娘也不反對。第二天在長江江邊，多人聚集的渡頭，演出了以下一幕，下面是故事原文，括號中乃我所加。

> **十娘取鑰開鎖**（她的行李），**內皆抽替**（抽屜）**小箱。十娘叫公子**（李甲）**抽第一層來看**（故意叫他），**只見翠羽明璫，瑤簪寶珥，充牣於中，約值數百金**（從小數目開始）。**十娘遽投之江中。李甲與孫富及兩船之人**（從船上人開始），**無不驚詫。又命公子再抽一箱**（還是他），**乃玉簫金管；又抽一箱，盡古玉紫金玩器，約值數千金**（已多於甲賣她所得）。**十娘盡投之於大江中**（李甲已

受懲罰)。岸上之人，觀者如堵(到岸上了)。齊聲道:「可惜，可惜！」(就是要負心人可惜)正不知什麼緣故。最後又抽一箱，箱中復有一匣。開匣視之，夜明之珠約有盈把。其他祖母綠、貓兒眼，諸般異寶，目所未睹，莫能定其價之多少。眾人齊聲喝采，喧聲如雷(圍觀者更多了)。十娘又欲投之於江。李甲不覺大悔，抱持十娘慟哭(哭錢還是哭人還是哭自己？)，那孫富也來勸解。

十娘推開公子在一邊，向孫富罵道:「我與李郎備嘗艱苦，不是容易到此。汝以奸淫之意，巧為讒説，一旦破人姻緣，斷人恩愛，乃我之仇人。我死而有知，必當訴之神明，尚妄想枕席之歡乎！」又對李甲道:「妾風塵數年，私有所積，本為終身之計。自遇郎君，山盟海誓，白首不渝。前出都之際，假托眾姊妹相贈，箱中韞藏百寶，不下萬金(十倍李所得)。將潤色郎君之裝，歸見父母，或憐妾有心，收佐中饋，得終委托，生死無憾。誰知郎君相信不深，惑於浮議，中道見棄，負妾一片真心。今日當眾目之前，開箱出視，使郎君知區區千金，未為難事。妾櫝中有玉，恨郎眼內無珠。命之不辰，風塵困瘁，甫得脱離，又遭棄捐。今眾人各有耳目，共作證明，妾不負郎君，郎君自負妾耳！」於是眾人聚觀者，無不流涕，都唾罵李公子負心薄倖。公子又羞又苦，且悔且泣，方欲向十娘謝罪。十娘抱持寶匣，向江心一跳。眾人急呼撈救，但見雲暗江心，波濤滾滾，杳無蹤影。(負心人應隨其後)可惜一個如花似玉的名姬，一旦葬於江魚之腹！(這一跳使我們覺得可惜，卻又使我們為之稱快。非這樣不能使薄倖人和奸惡人遺臭後世。)

註

1.〈負情儂傳〉，收錄於明朝小説家宋懋澄的《九籥集》中，最為著名，是〈杜十娘怒沉百寶箱〉的藍本，取材於真實事件與親身經歷。及後傳至海外，在日本改編而成《舞姬》，在蒙古有蒙譯本〈杜十娘怒沉百寶箱〉，在韓國則為《青樓義女傳》。

2.〈杜十娘怒沉百寶箱〉，是明末清初小説家馮夢龍的短篇擬話本小説，改編自〈負情儂傳〉，收錄在小説集《警世通言》。這篇小説被多次改編為多種劇本、電影等。後來再由抱甕老人將其輯錄於《今古奇觀》。

3.《警世通言》，是明末清初小説家馮夢龍的白話小説集，於明朝天啟四年（1624 年）出版，與另外作品《喻世明言》、《醒世恆言》被稱作「三言」。凌濛初受影響下寫了《初刻拍案驚奇 》、《二刻拍案驚奇》，並稱為「三言二拍」。《警世通言》共有四十卷，每卷為一個短篇小説，收錄的是宋元話本以及明代擬話本，愛情描寫佔了很大比例，其中包括〈杜十娘怒沉百寶箱〉。

四十二、高山流水

《呂氏春秋》上有一則「知音」的故事，不足八十字：

伯牙善鼓琴，鍾子期善聽。伯牙鼓琴，志在高山，鍾子期曰：「善哉，峨峨兮若泰山！」志在流水，鍾子期曰：「善哉，洋洋兮若江河！」伯牙所念，鍾子期必得之。子期死，伯牙謂世再無知音，乃破琴絕弦，終身不復鼓。

到了馮夢龍手上，寫成〈俞伯牙摔琴謝知音〉[1]，長達四千五百多字，收在他的短篇小說集《警世通言》(「三言」:《喻世明言》、[2]《警世通言》、《醒世恆言》[3]) 中。故事變得豐富、曲折、動人。

他寫兩人之相遇，描繪了一個場景：

船泊漢陽江口山崖之邊，中秋之夜，大風雨之後……

風恬浪靜，雨止雲開，現出一輪明月。那雨後之月，其光倍常。

在這樣的情景下大官俞伯牙興致到了，開始彈琴，一曲未終，琴弦「刮剌」一聲斷了一根。引出聽琴之人，原來是一樵夫。

樵夫名鍾子期，他對琴認識之深，使俞伯牙對他改顏相看。那番表述也顯示了小說作者知識面的廣闊：

> ……瑤琴長三尺六寸一分，按周天三百六十一度；前闊八寸，按八節；後闊四寸，按四時；厚二寸，按兩儀。有金童頭，玉女腰，仙人背，龍池，鳳沼，玉軫，金徽……

跟着伯牙考子期對琴音的感知，以個人的心意入琴。結果子期說：

> 美哉洋洋乎，大人之意，在高山也！
> 美哉湯湯乎，志在流水！

這就使伯牙視眼前這個樵夫為知音，要求跟他結拜為兄弟，約了後會之期，並送上黃金二笏，作供養父母之用。

從此「高山流水」成為知音的代詞。

到了相約之期，俞伯牙急不及待的來到江邊相約之處，卻不見子期出現，一夜不眠，第二天登岸按址尋訪，半路遇一老者，向之問路，才知道老者是子期的父親，而子期已病故。伯牙一聽，五內崩裂，淚如泉湧，昏絕於地。救醒後同往墓前拜祭。

聞說朝中大官前來拜祭同村鄰人，驚動山前山後、山左山右許多百姓前來觀看。伯牙取出瑤琴奏一曲哀歌，卻引來觀看的人鼓掌大笑而散。這個細節說明不是人人能成知音。

伯牙奏罷，取出解手刀，割斷琴弦，雙手舉琴，向祭石台上用力一摔，琴粉碎。鍾公驚問為何碎琴？伯牙答道：

> 摔碎瑤琴鳳尾寒，子期不在對誰彈！春風滿面皆朋友，
> 欲覓知音難上難。

這故事極言知音難求及可貴，知音不在，連表達的慾望也不復在，從此音沉響絕。

註

1. 〈俞伯牙摔琴謝知音〉，是一部話本作品，通俗易懂，在當時很受歡迎，中國古代話本的代表作之一。
2. 《喻世明言》，原名《古今小說》，又稱《全像古今小說》。明末清初小說家馮夢龍編撰的小說集，出版於明朝天啟年間（1621年左右）。全書共有四十卷，每卷為一個短篇小說，故事背景為宋、元、明三代，其中多數為宋元舊作話本，少數為明朝擬話本，多取材於現實生活，主要包括愛情、婚姻、朋友情義等。此外也收錄和改編了一些歷史傳奇故事。
3. 《醒世恆言》，明末清初小說家馮夢龍的白話小說集，於明朝天啟七年（1627年）出版。全書共有四十卷，每卷為一個短篇小說。收錄的大部分是明代作品，多取材於現實生活以及民間傳說，內容涉及官員昏庸、城市工作生活、婚姻、愛情等。

四十三、最佳古典短篇小說集《聊齋誌異》[1]

《聊齋誌異》（簡稱《聊齋》）未付印前，已被輾轉傳抄。有多種印刷版本後，有文化的家庭更幾乎家家都有一本。

作者蒲松齡（公元 1640-1715 年），山東淄博人，順治八年貢生，科場不得意，經濟狀況欠佳，也就因此使他勤勉地走上寫作路，一部《聊齋》使他名垂千古。

最齊全的版本共收四百九十一篇，內容雖多談狐說鬼，諷刺時弊，講善惡之報的也有。

他寫書時的環境和氣氛很配合內容：

> 子夜熒熒，燈昏欲蕊；蕭齋瑟瑟，案冷疑冰。集腋為裘，妄續幽冥之錄；浮白載筆，僅成孤憤之書。寄托如此，亦足悲矣！嗟乎！驚霜寒雀，抱樹無溫；吊月秋蟲，偎欄自熱。

讀《聊齋》也最好在配合的處境中，像清朝的余集說：

> 嚴陵環郡皆崇山，郡齋又多古木奇石。時當秋飆怒號，景物暗霾，狐鼠晝跳，梟獍夜嗥，把卷坐斗室中，青燈睒睒，已不待展讀，而陰森之氣，逼人毛髮。

我第一次聽《聊齋》故事時在六歲，祖父於鄉間逝世，我陪父親等人夜間守靈。油燈下風水先生在祖父的棺木旁講了一則屍變故事，後來才在《聊齋》中讀到。

《聊齋》以文言文書寫，要有一定文化程度才能讀。清朝的舒其鍈說：

> 第其筆意高古，字句典雅，固非紈袴子所能解，亦非村學究所能讀。

我相信現在的大學生，即使選的是文科，恐怕讀起來也有困難。但如硬着頭皮看下去，加上看註解，還是能看懂的，而且在看完後，對文言文的認識會進一大步。

註

1. 《聊齋誌異》，簡稱《聊齋》，又稱《鬼狐傳》，清代蒲松齡所著的短篇小說集。全書十二卷，共四百九十一篇，內容涉及狐仙、鬼、妖，描寫鬼比人還要有情有義，諷刺時弊，反映社會面貌。

四十四、蟋蟀的故事

明朝宣德年間，從宮廷到民間都迷上了鬥蟋蟀的遊戲。蟋蟀是一種昆蟲，雄性的愛打架，打勝的振翅長鳴，鬥輸的跳盆逃走，十分刺激。

自從華陰地方進貢過一隻優等的鬥蟋之後，每年都要向朝廷上貢若干頭合標準的「靚蟀」。

由上級層層壓下來，縣官之下是各小區的「里正」，所謂鄉長、保長一類無祿之官。他們都要負責每年貢上善鬥的蟋蟀最少一隻。

其中有一個里正名叫成名，是一個未考到秀才的「童生」，老實人，一家三口，除妻子外，有個九歲的兒子。縣吏見他老實可欺，又薄有田產，就硬派了個里正給他做。

他不敢催逼區內居民，他們也已盡力，卻總是捉不到一隻像樣的蟋蟀。於是一次又一次的到期罰款，把田產差不多賣完。罰款交不出，就要杖責，一次又一次打屁股，打得膿血淋漓，幾乎不能行走。他對妻子說：「這日子怎麼過？不如一死了之！」

眼看下個期限又到，成名只能盡最後努力，去一處廟後尋找。

那裏有很多石塊，荊棘叢生。他屏着呼吸，細心聆聽，卻聽不到蟋蟀的叫聲。摸索中，一隻癩哈蟆跳了出來，嚇他一跳，卻見牠旁邊的草根處有隻蟋蟀。他伸出手臂虛掌去撲，撲了個空，見蟲兒已鑽進旁邊的石穴中。用草莖撩牠不出，只能向裏面灌水。把帶來的一竹筒水幾乎灌盡，終於見牠鑽了出來。體形不小，很強健的樣子。他心跳手顫，終於把牠捉住。忘了屁股疼痛，迅速回家。與妻於燈下細看，頭大腳長，青項金翅，完全符合「靚蟀」要求。立即用最好的蟋盆將它放好。這時已經睡着的兒子被他們吵醒，聽説捉到好蟋，也想看看，卻被父親喝止，警告他不要打攪牠。

兒子第二天醒來，心思思的就是想看看那隻新捉到的蟋蟀。好不容易才等到父親外出辦事，母親在廚房煮食，他打開一個個裝蟋蟀的烏盆，終於打開了裝有新蟋的那隻，他還沒有看清楚，蟋蟀見光一躍而出。手忙腳亂的兒子慌忙去捉，幾次撲空之後，終於抓在手裏，但手上感到濕濕黏黏，打開手掌，見腿斷了，腸子流了出來，掙扎了一下就不動了。

「媽，蟋蟀死了……」兒子苦着臉説。

「吓？」媽媽的臉立時慘白，「你這個討債鬼死期到了！等你爸回來看他怎樣跟你算賬！」

兒子哭着躲到一邊去了。不久成名回來，妻子哭着告訴他兒子弄死蟋蟀的事……

「小畜牲呢？快出來！」成名怒喝，可是沒有應聲。

兩人叫着孩子的名字到處尋找，由怒氣的呼喝，變成擔心的懇求：「孩子，快出來！爸不怪你！」

可是孩子沒有出來，最後他們在井裏發現了他，已經沒了呼吸。他們把孩子抹乾，換上乾淨衣服，把他放在牀上，夫妻抱頭痛哭。

這天他們什麼都不想做，天色已晚，屋裏漸暗，他們不想點燈，不想吃東西，就那麼各自呆呆坐在黑暗裏。

忽然聽到牀上有哭泣的聲音，他們立即點上燈察看，見孩子有了呼吸，眼邊有淚，但叫他不應。身體漸漸回暖，他們為他按摩，多蓋一條被子。準備第二天看醫生。

這晚夫婦倆睜着眼睛到東方發亮，雞啼聲中好像聽到蟋蟀鳴叫。成名忍不住爬起身來，發覺聲在屋外，打開門見蟲在門上，撲了幾次都被牠逃走。最後失去牠蹤跡時，卻發現牠在自己的衣袖上。終於捉到了牠，看樣子比較特別，梅花翅，方形的頭，長長的腿，似乎算是良種，試試上繳，看能不能通過吧。當然最好之前能跟其他蟋蟀鬥一鬥。

這天孩子仍未蘇醒，但呼吸均勻，他們灌了一些湯水給他。請了醫生來看，開了方子，但說何時醒來卻很難說。

區內有個好事少年，養了一隻名叫「蟹殼青」的蟋蟀，誇口打盡天下無敵手，開了一個天價出售。他聽說成名捉到一隻新蟀，主動過來挑戰。他一見成名的蟋蟀就掩着嘴笑，成名見對方威風凜凜的蟲兒，也自慚形穢，想打退堂鼓。但少年卻死纏不放。成名心想，反正這蟲兒無用，打敗又有何關係？於是就把牠們同放鬥盆之中。初時少年的蟋蟀趾高氣揚的瞿瞿地叫起來，成名的那隻卻呆若木雞，蠢蠢的蹲在那裏，只引得少年嘲笑。

少年用豬鬣毛撩撥牠，起初仍是不動，後來牠忽然暴怒起來衝向對方，激烈搏擊一番之後，一躍咬着對方的頸部，嚇得少年連忙叫停。成名的蟋蟀這時振動翅膀高聲鳴叫，好像向主人宣告勝利。

成名正高興時，他家養的一隻公雞走近，伸頭往盆中啄去。嚇得成名心跳都停了，驚呼之下，蟋蟀跳了出來，公雞隨即去追。眼看蟋蟀好像在公雞腳爪之下，成名正不知如何救援，卻見那公雞伸頸擺撲，又想用腳爪抓自己頭部。看清楚，原來蟋蟀緊緊咬着雞冠不放，使牠感到痛楚。成名又驚又喜，把蟲兒小心拿下放好。

第二天成名把蟋蟀上繳，起初縣官見蟲兒細小，怪責他敷衍塞責。成名細說牠的勇武，縣官讓牠跟池利達、青絲額等多種名蟀相鬥，甚至用雞來試，結果也如成名所說，都無敵手。這蟋蟀最後上貢到皇上，也是戰無不勝，於是各級官員都受賞賜。成名也有一份，而且不用再做里正。直到秋去冬來，蟋蟀才死去。

那邊蟋蟀死去，昏睡了幾個月的兒子立即醒了。

他說做了一個長長的夢，夢中變成蟋蟀，十分勇武善鬥。他覺得自己絕不能輸，每次都以性命相搏。

孩子的爸媽緊緊抱着孩子，親吻他說：「孩子，辛苦你了！」

註　**《聊齋》本篇原名〈促織〉，「促織」是蟋蟀另一名字。**

四十五、狐狸精

蒲松齡的《聊齋誌異》共四百九十一篇，而以狐狸做題材的有四十多篇，約佔十分之一。

這些狐狸如屬雌性，多能幻化為美女迷惑男人，因此民間稱呼小三為狐狸精。這稱號的得來，蒲松齡「功」不可沒。

且看《聊齋》中對狐狸精樣貌的描寫：

青鳳	弱態生嬌，秋波流慧，人間無其麗也。
胡四姐	年方及笄，荷粉露垂，杏花煙潤， 嫣然含笑，媚麗欲絕。
〈狐夢〉[1] 女子一	態度嫻婉，曠世無匹。
〈狐夢〉 女子二	雛髮未燥，豔媚入骨。
嬰寧	容華絕代，笑容可掬。

看來蒲松齡對女子之美並不長於具體描寫，用字卻又過於慷慨，如「人間無其麗也」、「曠世無匹」、「容華絕代」，還有「姣麗無雙」、「容光豔絕」等等。

《聊齋》中也有不美之狐,〈醜狐〉[2] 中的狐精「衣服炫麗而黑醜」,但她有錢,以元寶置几上,對這個有妻子的男人說:「若相諧好,以此相贈。」這個男人竟答應了她。

〈毛狐〉[3] 中的狐精全身長滿細毛,窮漢馬天榮與之結交,問她:「聞狐仙皆國色,殊亦不然。」毛狐回答說:「吾等皆隨人現化,子目無一金之福,落雁沉魚,何能消受?」

《聊齋》中的狐精也有男人,其中名胡四相公的,久久不肯現形,說是「但得交好足矣,見面何為?」在多次請求下才驚鴻一瞥,看到他「衣裳楚楚,眉目如畫」,八個字倒有四個字是形容衣服。

總的來說,《聊齋》中的狐狸精像現實一樣,自有迷人之處。

註

1. 〈狐夢〉,收錄於《聊齋誌異》卷四篇目。描寫書生夢中邂逅狐女,春風一度終而離別,屬人狐相戀的典型故事。
2. 〈醜狐〉,收錄於《聊齋誌異》卷八篇目。描寫醜狐雖不美,但追尋愛情,所愛的人卻是一個貪錢,一個早死。
3. 〈毛狐〉,收錄於《聊齋誌異》卷三篇目。描寫毛狐與馬天榮的故事,寓意不是本份所有,不可強求。故事帶有喜劇感。

四十六、狐狸精作祟

兒時常聽大人説狐狸精作祟的事，説他們丟磚棄瓦，偷盜物件。都是有名有姓，當真事説的。似乎沒有人質疑。

狐狸成精，遠自東晉的《玄中記》[1]已有記載：

狐五十歲，能變化為婦人。百歲為美女，為神巫。或為丈夫與女人交接。能知千里外事。善蠱魅，使人迷惑失智。

這些説法跟清朝蒲松齡所着《聊齋》中的故事頗有相近之處。

人類對狐精的作祟對付不了，只能買他怕，反而供奉他，除平安外，還想他賜與好處。説來這種行為其實窩囊加貪婪。唐代張鷟所著《朝野僉載》[2]有載：

唐初已來，百姓多事狐神。房中祭祀以乞恩。食飲與人同之。事者非一主。當時有諺曰：無狐魅，不成村。

可見祭狐之普遍。

《聊齋》故事中記狐狸的惡作劇有多篇，〈姬生〉[3]中「南陽鄂氏患狐，金錢什物，輒被竊去。」〈狐懲淫〉[4]中某生買了一所新房，「常患狐，凡一切服物，多為所毀。又時以塵土置湯餌中。」這種侵入他人生活，肆意破壞的行為實在夠討厭的。

狐精作祟最使人擔心的是化身為美男女，迷惑異性，使其生病，甚至死亡。〈董生〉[5]中董生因為與狐精相好，一個月就漸漸羸瘦，「面目支離」(落晒形)，最後是「嘔血斗餘而死」。〈荷花三娘子〉[6]中，一個叫宗湘若的讀書人，也是跟狐精相好，過幾天就病了，而且愈來愈沉重，家人已經要去為他購置棺木。

人類為什麼與異類相好會生病？書中並無解說，〈蓮香〉[7]篇中有狐有鬼，狐說：「世有不害人之狐，斷無不害人之鬼，以陰氣盛也。」這是狐一面之詞，《牡丹亭》[8]中人鬼相戀，亦未見其害也。

註

1.《玄中記》，東晉郭璞所著的志怪小說。內容上承遠古傳說，從《山海經》所載的各類神話改編，搜羅奇聞異事;下啟六朝志怪。及後收錄於《太平廣記》卷四百四十七。

2.《朝野僉載》，唐朝張鷟著。原有二十存卷，現存六卷。歐陽修的《新唐書》也有借鑒此書。記載由唐初至開元年間，多是描寫武則天之暴行，亦有不少神鬼怪異之事，多被《太平廣記》收錄。

3.〈姬生〉，收錄於《聊齋誌異》卷十二篇目，描寫姬秀才被狐妖欺，卻想感化狐妖。但狐妖反而刺激姬秀才貪念，幫助其做賊。

4.〈狐懲淫〉，收錄於《聊齋誌異》卷六篇目，描寫張生放蕩不羈，家長藏有媚藥，狐妖常作弄張家，某次悄悄將媚藥放進粥中，張妻喝下，差點失節，張生懊悔改過，狐妖便不再出現，故事有教化之意。

5.〈董生〉，收錄於《聊齋誌異》卷二篇目，描寫董生和王生遇見同一狐妖，董生面對狐妖被色迷，最終精盡人亡。而王生受到了董生的提醒，最終擺脫狐妖。最後狐妖被地府審判，被去金丹化為鬼。

6.〈荷花三娘子〉，收錄於《聊齋誌異》卷五篇目，描寫浙江的宗湘若被狐妖色迷，及後遇上荷花三娘子，由蓮花變成美女，原來竟也是狐妖。可是宗生不聽，與其相愛數年，更誕下孩兒。

7.〈蓮香〉，收錄於《聊齋誌異》卷二篇目，故事來自作者遠遊，到了山東沂州，住在旅舍，讀到了當地文人撰寫的一篇〈桑生傳〉而起，講述狐仙蓮香和鬼女李氏與書生桑子明的三角戀愛故事。

8.《牡丹亭》，原名《還魂記》，又名《杜麗娘慕色還魂記》，明代劇作家湯顯祖的代表作，描寫閨秀杜麗娘和書生柳夢梅的生死之戀。與《紫釵記》、《南柯記》和《邯鄲記》，合稱「玉茗堂四夢」。

四十七、真情與巧思

《聊齋》中人狐遇合多屬偶然，或由狐精設局，男子為對方美色所誘，看不到近代人類重視的相愛基礎。

清朝的陳鼎寫了一篇〈烈狐傳〉[1]，姓葛的青年，娶了一個美麗的狐女，夫婦篤好，事翁姑甚孝。明朝覆亡時，亂兵入其家，見她長得美，想姦污她。她奪刀自刭死了，現出真身，是一隻九尾狐。作者在評述事件時，強調一個「節」字，是殉節不是殉情。

蒲松齡寫的〈小翠〉[2]，在情字上多下了筆墨，而且其表現方式可說是前無古人，後無來者。

小翠是一個美麗的年輕狐女，她母親受了葛家恩惠，小翠奉命報答，嫁給他家一個低智兒子元豐，他十六歲還未懂得分辨動物的雄雌。

出嫁之初，她年紀還小，像孩子般愛嬉戲，闖了不少禍，卻都能逢凶化吉。是靠幸運還是早在計算之中，要由讀者猜測。

葛家所期望的有二，一是兒子能改變癡愚，二是希望葛家有後。

小翠完成第一項的手法是驚人的，先在一個甕裏注進熱水，脱掉元豐的衣服，扶他進入甕中。元豐覺得蒸悶大聲呼叫，想掙扎出來。小翠卻用衾被緊蓋甕口，元豐終於沒了聲音。打開一看，已經沒了呼吸。小翠一點不害怕，把他拉出來放在牀上，幫他抹乾身體，蓋上被子。夫人聽説，大哭進來罵小翠：「狂婢何殺吾兒！」小翠卻笑着説：「這麼個傻瓜，有沒有也無分別！」氣得夫人用頭撞她，一片混亂時，元豐開始呻吟，大汗淋漓。張開眼睛問發生什麼事，聽語氣已經不再傻癡，從此智力如常人，兩人情愛逾恆。

要實現第二個願望更花心思，先是她因打破珍貴玉瓶被公婆痛責，負氣離家，慟哭欲死的元豐在兩年後才發現她的居處。她不允回家，並多次申明她不能為葛家生子，終於勸服元豐再娶，並説好了迎娶鍾家女兒。而小翠的樣貌漸漸改變，不及舊時美麗。到元豐把鍾家女兒迎回時，發現新人的言貌舉止跟以前的小翠一模一樣。元豐去小翠處尋她，婢女交他玉玦一塊，説：「娘子暫歸寧，留此貽公子。」元豐心知她已不會再回來。為免他相思，才把新人化身為另一個自己。如此深情，怎不讓元豐終生感激！

難怪蒲公借異史氏（在其著作中的自稱）評曰：「月缺重圓，從容而去，始知仙人之情，亦更深於流俗也。」

註

1. 〈烈狐傳〉，收錄於清初短篇文言小說集《虞初新志》卷一，陳鼎著。烈狐是指堅守貞烈的九尾狐。
2. 〈小翠〉，收錄於《聊齋誌異》卷七篇目，描寫狐仙報恩，將自己女兒小翠嫁給恩人兒子，小翠機靈活潑，亦盡情義。

四十八、嬰寧的笑聲

一個作家幾百篇的結集，其中總有高低之分。蒲松齡的《聊齋誌異》有四十多篇寫狐，我覺得〈嬰寧〉[1]是寫得最用心的一篇，讀完你不容易忘掉她的笑聲。

要突出一個有點癡的少女，最好以一個有點癡的少男來配她。

這個癡男叫王子服，十七歲，很早死了父親，母親愛惜他，連郊野也不想他去。有一次他姓吳的年輕舅父於上元節陪他郊遊，那天女孩子也難得有一大自由地上街遊玩。年輕舅父臨時被家人叫了回家，剩下王子服一個。

這就教他遇見一位「容華絕代，笑容可掬」的麗人。麗人有婢女陪伴，手上拿着一枝梅花。這傻瓜看得一時獃了，被女子發覺，對她的婢女說：「個兒郎目灼灼似賊。」隨手把手上梅花丟落地上，跟婢女說說笑笑的走了。

這個王子服拾起地上的花，即時失魂落魄，怏怏回家。

回到家裏把花藏在枕下，「垂頭而睡，不語亦不食」。跟着是消瘦得連樣子都變了，求醫求神都沒有幫助。

那姓吳的舅父知道他的病因後，隨口騙他說這女子是表親，住在西南三十里外的山中。但遲遲不陪他前往。王子服終於等得不耐煩，自己前往尋找。

就連所經路上風景，作者也細細描繪：

亂山合沓，空翠爽肌，寂無人行，止有鳥道。遙望谷底，叢花亂樹中，隱隱有小里落。下山入村，見舍宇無多，皆茅屋，而意甚修雅。北向一家，門前皆絲柳，牆內桃杏猶繁，間以修竹，野鳥格磔其中……

到進入屋內，又是一番光景：

門內白石砌路，夾道紅花，片片墮階上，曲折而西，又啟一關，豆棚花架滿庭中。肅客入舍，粉壁光明如鏡，窗外海棠枝朵，探入室內，茵藉几榻，罔不潔澤。

這簡直是長篇小說才值得花的如許精緻筆墨。

除環境外，作者配置了一個靈巧的婢子，一個頭腦清醒，但耳朵不大好的老太太穿插其間，既讓故事有進展也添加了喜劇性。

女主角嬰寧最大的特色是愛笑。老太太叫她出來見「姨兄」時，她在戶外已嗤嗤笑不已，婢子推她進去，她掩着嘴笑得停不下來。

王子服只顧盯着嬰寧，婢子小聲說：「目灼灼賊腔未改。」又引得她大笑，借故走出門外，笑聲更是放縱。

她爬到樹上，見王子服來狂笑欲墮，終於失手墮地，王子服扶她時趁機「掐」她手腕，笑得她倚在樹上不能行走。

她還有一招引讀者笑，就是無限天真，不知是真是假。

王子服拿他收藏的梅花給她看，表示珍重，她說這還不容易，叫人斬一綑到你家去。王子服說他祈求的是夫妻之愛，她問跟親戚之愛有何分別？他說夫妻之愛可「夜共枕席」。她想了很久，回答是：「我不慣與生人睡。」後來老太太問他們在園裏談些什麼？她回答說：「大哥想我跟他一同睡覺。」使王子服十分尷尬，幸而老人家耳朵不好。

後來他們成親了，就憑她可愛的笑聲，化解了家庭的大小矛盾，營造了融洽的氣氛。

關於她的身世，後來知道他們真是親戚。她的父親在妻子死後跟一個狐精生下她，狐精去世時把她交托給父親的鬼妻照料，就是王子服見過的老太太。而老太太是王子服母親的姐妹。

作者在「真相」大白後，給故事留下一個有趣的尾巴，嬰寧生下一子，在懷抱中已不怕陌生人，見人就笑，大有乃母之風。

註

1. 〈嬰寧〉，收錄於《聊齋誌異》卷二篇目，描寫人狐相戀的後代嬰寧，天真爛漫，與癡情的王子服的愛情故事。

四十九、狐狸尾巴終須露

據說狐狸修煉後可變成人形，成為絕色美女，英俊少年，但身體有一部分變不去，就是尾巴。

北魏楊衒之寫的《洛陽伽藍記》[1]有一則孫巖的故事，就是寫這樣的一回事：

孫巖討了老婆三年，相處得還好。但老婆有個怪癖，就是睡覺不脫衣服。孫巖問她原因，她不回答；幾番請求，她不答應。最後忍不住，趁她熟睡，解開她的衣服，竟發覺有一條三尺長的狐狸尾巴。孫巖大驚，趕她走。她卻突然拿把刀割了孫巖的一段頭髮逃走。鄰居幫着追趕，她變成一隻狐狸遁去了。

《聊齋誌異》提及狐狸尾巴的也有幾篇，《狐妾》[2]一篇寫汾州一個姓劉的官員，夜間獨坐官衙內，聽到庭外一羣女子笑聲，跟着四個女子走進來，一排站在他面前。他聽說過衙中多狐精，但並不害怕，只當看不見。其中一個最年輕的女子，拿手上的紅手巾拋到他臉上戲弄他。

第二天這個女子來找他，自述身世。說是前任官員的女兒，中了狐狸蠱毒死去，葬在園裏，被狐狸們施法救回，跟狐狸們一同生活，漸漸染上狐狸習氣。說到這裏劉官用手試探她的臀後，被她發覺了：「喂，你可要摸清楚！」

這故事說明狐狸尾巴藏不住，是眾人共識。

另一篇是〈董生〉，冬日，董生跟朋友喝了幾杯夜歸，睡前探探被窩是否暖和，卻發覺有人睡在被窩裏。燈光下見是一個美女，再一看，竟有一條長長的尾巴，嚇得他想逃走。那女子拉住他的手問他怕什麼？他說：「我不畏首而畏尾。」女的說：「哪有尾？是你喝醉了冤枉我！」

「畏首畏尾」出自《左傳》[3]，膽小，前也怕，後也怕的意思，此地一語雙關，很有幽默感。

這故事也證實狐狸尾巴變不走的傳聞，大家都相信。「露出狐狸尾巴」表示陰謀終於敗露，是大家都接受的比喻。

註

1.《洛陽伽藍記》，簡稱《伽藍記》，北魏人楊衒之著，是一部集歷史、地理、佛教、文學於一身的名著，描述北魏洛陽城的伽藍（佛寺），分城內、城東、城西、城南、城北五卷。寺院的緣起、規模，以及有關的名人軼事、奇談異聞都有記載。

2.〈狐妾〉，收錄於《聊齋誌異》卷三篇目，描寫山西做官的劉洞九在一名狐女的幫助下，逢凶化吉的故事。

3.《左傳》，是一部編年體史書，共三十五卷，全稱《春秋左氏傳》，原名《左氏春秋》，是為《春秋》做註解的一部史書，與《公羊傳》、《穀梁傳》，合稱「春秋三傳」。「畏首畏尾」，出自《左傳・文公十七年》，是指鄭國國君寫信給晉國，道明既害怕楚國來攻，又擔心晉國來犯而畏首畏尾。

五十、趙城老虎的故事

蒲松齡在《聊齋誌異》不但談狐説鬼，也有奇人異事。其中涉及其他動物包括鳥獸昆蟲的，約二十篇，我發現他對牠們都能以平等態度視之，譽多於毀，其中有幾篇可改寫為童話，〈趙城虎〉[1]是其中一篇。

趙城的縣老爺算是一個好官，他任職這個山城多年了，因為朝中無人，一直得不到升遷。他跟百姓們的關係算不錯，因為不久他就退休，也會成為當地老百姓。

當地的案子其實不多，今天一大早卻有一個老太婆哭着來告。看她的樣子七十多歲了，聲音嘶啞，説她的獨生兒子死了，今後再無依靠，要青天大老爺主持公道。

「你兒子是怎麼死的？可知誰是兇手？」老爺問。

「我兒子是被活活咬死的，就在後面山上，兇手有人看見，是一隻吊睛白額老虎。」

「這個……老虎可不懂法律，沒有法律可治老虎。」老爺明顯想置之不理。

「苦呀！我兒子是一等好百姓，也是一等孝順兒子，他上山斬柴，沒有侵犯老虎，卻被老虎咬死！我年紀老邁，靠的是這個兒子，他死了叫我以後怎活？老爺，事情發生在你管的地方，你可不能置之不理！」老太婆高聲喊苦，對縣太爺的態度十分不滿。

縣太爺聽了心中有氣，但見她年老喪子，大眾對她同情，不想跟她計較。

「誰說本縣置之不理？眾捕快，限你們十天內把老虎捉來！」

老爺宣佈退堂。

捕快其實總共得兩人，這棘手的差事叫他們如何完成？於是他們去傳召本縣獵戶，總共有七家，說捕捉老虎是他們的責任，限他們七天內要完成。到時捉不到老虎，不但要打屁股，還要取消他們獵戶的資格。

獵戶們帶着獵狗聯羣上山找老虎，到了第六天，隔着一道山溪，終於見到一隻身形龐大的老虎，起先獵狗們對着牠狂吠，老虎咆哮一聲，震得樹葉紛紛飄落。獵狗們垂下尾巴，再不敢叫。

大家知道不是老虎對手，就由獵戶頭領向老虎求情。

「老虎大王，我們不想傷害你，只因你咬死了一個老婆婆的兒子，縣太爺要幫她主持公道，你可不可以跟我們去衙門走一轉？」

想不到老虎好像會聽，輕輕跳過山溪，沒有兇惡的樣子，竟跟着獵戶們去到縣衙。全城的人聽說此事，都紛紛跟隨來到衙前。

早有人通報縣老爺，事情緊急，遲則生變，不等原告，立即開庭。

他的判詞是老虎殺人本應填命，姑念牠自動投案，恕牠死罪，但今後不許傷害人命，還要負起養活老人家的責任。問老虎答不答應？這老虎居然連連點頭。

縣官叫捕快和獵戶帶老虎去老太婆家，向她宣佈判決結果，並且讓他們互相認識。於是由獵戶、捕快圍着老虎，縣衙書記連同大批街坊，浩浩蕩蕩向老太婆家前去。

老太婆家大門緊閉，捕快帶着老虎前往敲門。

「老太太，我們帶老虎前來請罪，請你開門！」

門「呀」的一聲開了。只見老太婆手持一根木棍，照老虎頭部猛敲一記，正中老虎鼻子，鮮血立即噴出。老虎吃痛，大吼一聲，幾個縱跳，往山的方向奔去，很快失去蹤影。嚇得在場街坊，跌得東倒西歪。

老太婆把門關上，對後來書記的敲門再不理睬。

第二天早上，老太婆打開門，發現有一隻死鹿在門前。她把鹿肉鹿角賣了一筆錢，可以生活整個月。類似這樣的事經常發生，老太婆的生活愈過愈好。有人看見天剛亮的時候，有老虎出現在附近。

日子一天天過去，終於有人看見老虎趴在老太婆門外沒走。後來又看見老虎在園子裏陪着老太婆曬太陽。

幾年後老太婆生病死了，附近街坊聽到她家裏有老虎的哭聲。

老太婆的積蓄足夠辦她的身後事，墳墓造成後，難得縣太爺也來致祭。這時他已退休，老虎官司使他獲得好名聲。

墳前的儀式進行到一半，大家忽然聽到虎吼，一陣勁風中，老虎飛奔而來，眾人紛紛走避。但見老虎趴在墳前，發出響亮的悲哭聲，很久才停止。最後狂呼一聲向後山奔去，帶動地上的落葉和沙石，久久才平息。

自那天起，再沒有人見過老虎。

註 1.〈趙城虎〉，收錄於《聊齋誌異》卷五篇目。內文中的老虎的行為，被稱為「義虎」。

五十一、盲僧評文

有些故事整篇都好看，有些故事段落最精彩。

《聊齋誌異》中有一篇〈司文郎〉[1]，其中有部分肯定出於杜撰，

但諷刺味道強，且有幽默感。

王平子和余杭生同寄宿於北京報國寺，準備應考鄉試。余杭生態度傲慢，王平子也懶得跟他來往。後來一位姓宋的年輕人來遊寺，三人倒因此談文論藝起來。

兩人考試後等放榜，姓宋的推許寺中一位替人看病的盲眼和尚，說他長於評論文章，建議他們向他請教。

以下是請教過程：

「是誰多嘴？我沒有眼睛如何論文？」和尚說。

「我可以讀給你聽。」王說。

「幾千字的文章誰有耐性聽？不如你把它燒了，讓我以鼻代眼。」

王聽命把應試的文章燒了。和尚說：

「你仿效大家，雖然還未逼真，卻也近似了。」

「有機會考中嗎？」

「有的。」

余杭生不信，故意燒一篇古文名篇給他嗅。

「妙呀！除非是歸有光、胡有信這樣的名家才寫得出來。」

余杭生大驚，便把自己的應試文章燒給他聞。說剛才是朋友所作，如今才是他的文章。誰知和尚立即嗆咳起來：「你別再燒了，再聞我會嘔！」

余杭生慚愧地走了。幾天後放榜，余杭生中舉，王平子落第。

余杭生對和尚說：「盲和尚，看來是你不識貨！」

「我評的是文不是命，」和尚說，「試把今場試官的文章燒給我，我知道是誰挑選了你。」

他們合力找到八、九人的文章，一篇篇的燒，和尚都說不是，直到最後一篇，和尚大嘔，還放了很響的屁，引得大家大笑。

「這一定是選中你的老師了！」和尚說。

余杭生面紅耳赤的走了。

註 1.〈司文郎〉，收錄於《聊齋誌異》卷八篇目，此篇諷刺書生傲慢，亦有評說諷刺科舉。「司文郎」原為唐朝職官名，司文局的副職。

五十二、蒲松齡露一手

蒲松齡的《聊齋誌異》已盡顯才華，但寫到最後一篇仍忍不住要露一手，讓大家看原來他寫駢文也是內家，而且熟悉經典，拿一個題目來發揮，會使你目不暇給。

蒲松齡寫小説，總是以人物開頭，採第三身寫法：「歷城殷天官少貧，有膽略。」,「粵西孫子楚，名士也。」第一篇〈考城隍〉[1]雖然用「予」(我) 開頭，整句是「予姐夫之祖，宋公諱燾」，仍是第三身。另一篇〈狐夢〉，開頭是「余友畢怡庵」，雖然有「余」，角色是「友」，仍是第三身的寫法。直到最後一篇〈花神〉[2]:「癸亥歲，余館於畢刺史公之綽然堂。」才正式使用了第一身，故事是他自己經歷。看來是因為故事中有一篇嘔心瀝血的好文章，他不想別人掠美。

故事是一個夢，情節簡單。夢中有花神不服風神肆虐，邀請蒲松齡寫一篇檄文討罰她。蒲松齡即席揮毫，洋洋灑灑的寫了一篇。這篇檄文近千字，駢四驪六，但見堆砌，結束處亦不合檄文規格，但蒲松齡視之為得意之作。

因為檄文是討伐風神，文中以「封」代替，(風神姓封名十八姨，有典故)，全文就不見一個「風」字。

他引用的典故很多，我試舉兩處：

沛上英雄，雲散而思猛士；茂陵天子，秋高而念家人。

典：漢高祖劉邦《大風歌》[3]：大風起兮雲飛揚，威加海內兮歸故鄉，安得猛士兮守四方。漢武帝《秋風辭》[4]：秋風起兮白雲飛，草木黃兮雁南歸。蘭有秀兮菊有芳，携佳人兮不能忘。

賦歸田者，歸途纔就，飄飄吹薜荔之衣；登高臺者，高興方濃，輕輕落茱萸之帽。

典：晉陶淵明《歸去來辭》[5]：「舟遙遙以輕颺，風飄飄而吹衣。」晉孟嘉九月九日登高，風吹落帽。

其中也有較生僻的也舉一個：

但使行人無恙，願喚尤郎以歸。

典：從前有一個姓石的女子，嫁給姓尤的商人，夫妻恩愛。結婚不久，丈夫就要去遠方經商，一去多時不歸，音信全無。石女思念成疾，竟病重逝世。臨終前恨恨的說：「我恨自己未能夠阻止他出行，才弄到如此田地。我死之後，如果知道有商旅遠行，我會興起大風，為天下的妻子阻止他們啟程。」

從此商旅出發前，遇上頂頭逆風就會說：「刮石尤風了。」暫停出發。

註

1.〈考城隍〉，收錄於《聊齋誌異》卷一首篇，點出善惡終有報，故此修養道德之重要。
2.〈花神〉，本稱〈絳妃〉，收錄於《聊齋誌異》卷六篇目。作者以物寓情、以風諷世情。
3.《大風歌》，見於《史記·高祖本紀〉，漢高帝劉邦所作。公元前 195 年他平亂後，回到故里沛縣設宴，擊築而歌而作此詩歌。後世以其開頭兩字「大風」命名。
4.《秋風辭》，漢武帝劉徹所作。公元前 113 年，漢武帝率領羣臣到河東祭祀后土，時值秋風正起，鴻雁南歸，觸景生情，寫下此詩歌。內文感歎時光流逝，情景交融，傳唱之作。
5.《歸去來辭》，原稱《歸去來兮》，晚晉陶淵明創作的抒情辭賦，描寫作者脫離仕途，回歸田園的心情。通過描寫景物和活動，展現出寧靜恬適的意境，可謂語言樸素，辭意暢達。

五十三、中國諷刺小說之祖

中國古典小說很多都編成戲劇上演，像《三國演義》、《水滸傳》、《紅樓夢》、《西遊記》，而《儒林外史》[1] 是例外。

採自《儒林外史》的經典戲目，記憶中沒有，曾有電視劇拍過一次，卻久久不能上演。

魯迅對《儒林外史》的評價十分高，他在《中國小說史略》中說，有了《儒林外史》，「於是說部中乃始有足稱諷刺之書。」又說：「是後亦鮮有以公心諷世之書如《儒林外史》者。」把此書視為中國諷刺小說空前絕後之作了。

我讀《儒林外史》看到諷刺最多的是虛偽，舉個例子。

小豬的故事

嚴貢生對范進和張靜齋說：「實不相瞞，小弟只是一個為人率真，在鄉里之間，從不曉得佔人寸絲半粟的便宜，所以歷來的父母官，都蒙相愛……」

就在傾談之際，他家的小廝進來稟告：「早上關的那口豬，那人來討了，在家裏吵呢！」

嚴貢生説：「他要豬，拿錢來。」

小廝説：「他説豬是他的。」

究竟是什麼一回事呢？可分三階段：

一、嚴貢生家養了一頭小豬，走進緊鄰王小二家。王小二慌忙送回嚴家。嚴家説，豬到人家，再尋回來，最不利市，逼着王小二出八錢銀子買下小豬。

二、王家把豬養到一百多斤。

三、豬錯走進嚴家，嚴家把豬關下。小二的哥哥去嚴家討豬，嚴貢生説豬本來是他的，要討豬得拿幾兩銀子去贖。大家爭吵了幾句，哥哥被打得腿都折了。

丁憂的故事

湯知縣招呼范進和張師陸吃飯，有酒有餚，包括燕窩雞鴨、魷魚苦瓜，用的是銀鑲的杯箸。范進不舉杯箸，原來他正處丁憂（母親逝世），不可使用奢華用具。湯知縣為他換了磁杯和象牙筷，他一樣不肯舉動，直至換了一對白色的竹筷子才挾菜。湯知縣起初疑惑他居喪如此盡禮，倘或不用葷酒，一時難備齋菜。後來見他在燕窩碗裏揀了一個大蝦丸子放在嘴裏，方才放心。

這最後一句夠幽默的，拆穿了范進剛才只是拿腔做勢。

《儒林外史》把一個個儒林人物的虛假面貌、可笑言行挖苦個夠。大奸大惡的是少數，具備人性弱點的是多數，其中也有少數值得欣賞的人士。作者吳敬梓善於從真實生活取材，讀後使我感覺在周圍也上演着現代版的儒林故事，多少人一臉正氣，像煞有介事，卻是志大才疏。多少人當自己是智者，卻做着極愚蠢的事。多少人偏執己見，卻要求他人隨聲附和。多少人自我感覺良好，看不到別人目光中的輕視。更多的是虛情假意，言不由衷，習慣成自然，把一切交往當成社交應酬。

當然我也不禁懷疑，我自己也是其中可笑的一個？

註

1. **《儒林外史》，吳敬梓著。清代長篇諷刺章回小說，全書五十六回，近二百個人物，花十餘年完成。描寫清初康雍時期關於讀書人的功名和生活。內容有不少是史實，部分人物也是真實的歷史人物。**

五十四、范進中舉

《儒林外史》兩大主題：一是科舉之荒謬，二是名士之可笑。

科舉荒謬最典型的例子是「范進中舉」，你不想看整本《儒林外史》，也要看第二回。

在試官眼中和問答所得，知道這「童生」面黃肌瘦，花白鬍鬚，頭上戴一頂破氈帽，冬天還穿着一件麻布直裰（斜領大袖，家居常服），凍得乞乞縮縮，已五十四歲，考過二十餘次，總是進不了學，無法去考鄉試，做舉人。

試官周進曾經此苦，細心看了他的文字，讓他進了學，終於中了舉。下面是他確定自己中舉後的表現：

> 范進不看便罷，看了一遍，又念一遍，自己把兩手拍了一下，笑了一聲道：「噫！好了！我中了！」說着，往後一交跌倒，牙關咬緊，不省人事。老太太慌了，慌將幾口開水灌了過來。他爬將起來，又怕着手大笑道：「噫！好！我中了！」笑着，不由分說，就往門外

飛跑，把報錄人和鄰居都嚇了一跳。走出大門不多路，一腳踹在塘裏，掙起來，頭髮都跌散了，兩手黃泥，淋淋漓漓一身的水，眾人拉他不住。拍着笑着，一直走到集上去了。眾人大眼望小眼，一齊道：「原來新貴人歡喜瘋了。」

(他的丈人) 來到集上，見范進正在一個廟門口站着，散着頭髮，滿臉污泥，鞋都跑掉了一隻，兀自拍着掌，口裏叫道：「中了！中了！」胡屠户凶神走到跟前，說道：「該死的畜生！你中了什麼？」一個嘴巴打將去。眾人和鄰居見這模樣，忍不住的笑。不想胡屠户雖然大着膽子打了一下，心裏到底還是怕的，那手早顫起來，不敢打到第二下。范進因這一個嘴巴，卻也打暈了，昏倒於地。眾鄰居一齊上前，替他抹胸口，捶背心，舞了半日，漸漸喘息過來，眼睛明亮，不瘋了。

自此以後，果然有許多人來奉承他；有送田產的，有人送店房的，還有那些破落户，兩口子來投身為僕，圖蔭庇的。到兩三個月，范進家奴僕丫鬟都有了，錢米是不消說了。張鄉紳家又來催着搬家。搬到新房子裏，唱戲、擺酒、請客，一連三日。

吳敬梓筆下這番飽受科舉折磨，終於翻身者的狂喜，寫得笑中帶淚。而最後一段的「收穫」正是天下諸生畢生追求的命運改寫。

五十五、張鐵臂的人頭

身為名士總喜歡結識草莽英雄、江湖義士、隱居才人、巾幗奇女子。

《儒林外史》便有這故事：

婁中堂在朝二十多年，逝世後，長子任通政司大堂，三公子、四公子卻因科舉失利，一肚子牢騷不平，憑藉豐厚家世，做了閒散名士，熱衷於結識能人異士，其中一位是張鐵臂。

據張鐵臂自述「鐵臂」得名之由來：

張鐵臂道：「晚生小時，有幾斤力氣，那些朋友們和我賭賽，叫我睡在街心裏，把膀子伸着，等那車來，有心不起來讓他。那牛車走行了，來的力猛，足有四五千斤，車轂恰好打從膀子上過，壓着膀子了，那時晚生把膀子一掙，吉丁的一聲，那車就過去了幾十步遠。看看膀子上，白跡也沒有一個，所以眾人就加了我這一個綽號。」

張鐵臂又自述武藝，並且表演：

張鐵臂道：「晚生的武藝儘多，馬上十八，馬下十八，鞭、鐗、鎚、錘、刀、鎗、劍、戟，都還略有些講究。只是一生性氣不好，慣會路見不平，拔刀相助，最喜打天下有本事的好漢。銀錢到手，又最喜幫助窮人。所以落得四海無家，而今流落在貴地。」四公子道：「只纔是英雄本色。」權勿用道：「張兄方纔所說武藝，他舞劍的身段，尤其可觀，諸先生何不當面請教？」

兩公子大喜，即刻叫人家裏取出一柄松文古劍來，遞與鐵臂。鐵臂燈下拔開，光芒閃爍，即便脱了上蓋的箭衣，束一束腰，手持寶劍，走出天井，眾客都一擁出來。兩公子叫：「且住！快吩咐點起燭來。」一聲說罷，十幾個管家小廝，每人手裏執着一個燭奴，明晃晃點着蠟燭，擺列天井兩邊。張鐵臂一上一下，一左一右，舞出許多身分來，舞到那酣暢的時候，只見冷森森一片寒光，如萬道銀蛇亂掣，並不見個人在那裏，但覺陰風襲人，令看者毛髮皆豎。權勿用又在几上取了一個銅盤，叫管家滿貯了水，用於蘸着灑，一點也不得入。須臾，大叫一聲，寒光陡散，還是一柄劍執在手裏。看鐵臂時，面上不紅，心頭不跳。

過了一段日子，某個晚上，張鐵臂滿身血污，手提革囊，從屋簷跳下。說是生平一恩一仇，今日大仇已報，革囊中就是仇人的人頭。至於恩人，需以五百兩銀子相報。從此恩仇皆了，便可以為知己一生效勞。

兩位公子贈他五百両，他答應天明後回來，到時用藥粉把人頭化掉，建議兩位公子邀請一些朋友看他施為。

兩位公子果然辦下酒席，請幾位好友相聚。誰知直到第二天晚間，還不見鐵臂回來，革囊中開始傳出臭味，引來蒼蠅亂飛。沒奈何打開革囊，哪有什麼人頭，只是六、七斤重豬頭一個。

張鐵臂再沒出現過。

君子可欺以其方，張鐵臂掌握這些富二代對世事無知，幼稚的求名心態，騙了他們一筆走了。對兩位公子來說，五百両是小事，被騙的感覺卻是沒趣得很。

五十六、做妾的心思

《儒林外史》有幾回講嚴家的故事，嚴家有兩兄弟，大哥就是關鄰家豬隻的嚴貢生，弟弟是嚴監生。嚴監生能守業，善積聚，頗有幾個錢。他有一妻一妾、一個三歲的兒子，兒子乃妾趙氏所生。妻王氏患了重病，看來是不行的了，趙氏面對這樣的情況不能不有打算。如果王氏逝世，丈夫再娶繼室，又生下孩子，難保容得下她生的孩子。審情度勢，她必須從妾的地位扶正。這最好在王氏死前得到她的允許。

她的步驟有謀略家水平。

她侍奉湯藥極其殷勤。

她晚上抱了孩子在王氏牀腳頭哭泣，説她只求菩薩把她帶走，保佑大娘痊好，也保得孩子一命。

她每夜在天井擺香燭哭求天地，要替了奶奶的命。

終於感動奶奶説：「何不向你爺説明白，我若死了，就把你扶正，做個填房。」

她把握時機，立時叫丈夫進來，當面把王氏的話說了。

嚴貢生很配合，第二天就把兩位舅爺請來，做了見證，也拿了辦事的銀子。

擺了酒席，請了街坊，拜了天地。滿足了法律手續。

王氏斷氣了，趙氏哭得暈死過去，救醒後披頭散髮，滿地打滾，哭的天昏地暗。交足感情功課。

可惜人算不如天算，嚴監生不久病逝，小兒子也出天花死了。大伯嚴貢生覬覦她的財產，引發一場醜惡的爭產官司。

五十七、媽媽的夢

《儒林外史》中出現兩個孝子，其中一個叫匡超人。窮家子弟，讀書不成。跟一個賣柴的鄉人往省城做記賬。想不到鄉人生意蝕了，回不了家，他也流落在外。聽人說父親病了，存亡不知。心急如焚，卻沒有盤川。

在馬二先生的幫助下，他終於回到家鄉。父親在房裏睡了，先見母親。母親首先捏一捏他的衣服，見是厚厚的棉襖，放心了。跟着說她這一年多，做了許多思念他的夢。

難得作者一一詳說：

一夜夢見你掉在水裏，我哭醒來。(再睡不着了吧？)

一夜又夢見你把腿跌折了。(心跳得厲害！)

一夜又夢見你臉上生了一個大疙瘩，指與我看，我替你拿手拈，總拈不掉。(擔心呀！)

一夜又夢見你來家望着我哭，把我也哭醒了。(臉上有淚呀！)

一夜又夢見你頭戴紗帽，說做了官。旁邊一個人說：「你兒子做了官，今生再不到你跟前來了。」我哭起來說：「若做了官就不得見面，這官就不做也罷！」就把這句話哭着，吆喝醒了，把你爺也嚇醒了。(如今見了兒子，會不會擔心是夢呢？)

母親的夢有一特點，都是噩夢。

另一個孝子姓郭名力，他父親做過官，因降過寧王，寧王敗後，逃竄在外。郭力走遍天下二十年，四處尋找其父。最後歷盡艱辛，在四川成都一間庵裏找到父親，比之匡超人的母親卻是十分冷淡，這些話都是他父親說的：

「施主請起來，我是沒有兒子的，你想是認錯了。」

「貧僧是沒有兒子的。施主，你有父親，你自己去尋。」

「貧僧自小出家，哪裏來的這個兒子？」

「你是何處光棍，敢來鬧我門！快出去，我要關山門！」

「你再不出去，我就拿刀來殺了你！」

跟之前那位慈母說的，剛好是一鮮明對比。此書之好看，就在這些地方。

五十八、《紅樓夢》的悲劇

《紅樓夢》的前八十回是曹雪芹寫的，後四十回乃程偉元、高鶚所續，對於續書有很多劣評，可是這百二回的《紅樓夢》卻最為暢銷，因為它讀來比較完整。而八十回的《紅樓夢》雖然精彩，卻是一本殘缺不全的書。

對續書最憎惡的是紅學專家周汝昌，他說：

將雪芹原書的一切命脈，統統徹底破壞淨盡而後快。我們中華民族文學史上如有最可痛憤的異事，那麼還到哪裏去尋找第二個例子呢？

後四十回偽續……把原著的偉大思想精神歪曲成為一個十分庸俗的「一男二女」的「三角性愛」和「爭婚」的個別家庭小悲劇。

研究《石頭記》(《紅樓夢》別稱) 的專家梁歸智也說：

曹雪芹的《石頭記》一誕生就這樣遭到了閹割、竄改和蹂躪，這是中國文學史上一個費解的謎，一樁可怕的奇蹟，一場令人永遠痛心的悲劇。

作家張愛玲在考論《紅樓夢》的專著《紅樓夢魘》[1]的序言中說：

《紅樓夢》未完還不要緊，壞在狗尾續貂，成了附骨之疽。為了說明這幾位專家的評論，我們試舉一例。

> 正說着，有人來回說：「興隆街的大爺來了，老爺叫二爺出去會。」寶玉聽了，便知賈雨村來了，心中好不自在。襲人忙去拿衣服。寶玉一面登着靴子，一面抱怨道：「有老爺和他坐着就罷了，回回定要見我！」史湘雲一邊搖着扇子，笑道：「自然你能迎賓接客，老爺才叫你出去呢。」寶玉道：「哪裏是老爺？都是他自己要請我見的。」湘雲笑道：「主雅客來勤，自然你有些驚動他的好處，他才要會你。」寶玉道：「罷，罷，我也不過俗中又俗的一個俗人罷了，並不願和這些人來往。」湘雲笑道：「如今大了，你就不願意去考舉人進士的，也該常會會這些為官作宦的，談講談講那些仕途經濟，也好將來應酬事務，日後也有個正經朋友。讓你成年家只在我們隊裏，攪的出些什麼來？」

> 寶玉聽了，大覺逆耳，便道：「姑娘請別的屋裏坐坐罷，我這裏仔細醃臢了你這樣知經濟的人！」襲人連忙解說道：「姑娘快別說他。上回也是寶姑娘說過一回，他也不管人臉上過不去，咳了一聲，拿起腳來就走了。寶姑娘的話也沒說完，見他走了，登時羞的臉通紅，說不是，不說又不是。幸而是寶姑娘，那要是林姑娘，不知又鬧的怎麼樣、哭的怎麼樣呢！提起這

些話來，寶姑娘叫人敬重。自己過了一會子去了，我倒過不去，只當他惱了，誰知過後還是照舊一樣，真真是有涵養，心地寬大的！誰知這一位，反倒和他生分了。那林姑娘見他賭氣不理，他後來不知賠多少不是呢。」寶玉道：「林姑娘從來說過這些混帳話嗎？要是他也說過這些混帳話，我早和他生分了！」襲人和湘雲都點頭笑道：「這原是混帳話麼？」

這是《紅樓夢》第三十二回，寶玉對「考舉人進士」、「為官作宦」、「談論仕途經濟」深惡痛絕，因為史湘雲說了，他就要她去別的屋裏坐。他還讚美林黛玉，說她從不會說這些混帳話。

可是到了高鶚的續書，寶玉卻跟他的侄子賈蘭一同去應考，還中了第七名舉人。又說他妻子寶釵有了身孕，還預言他的兒子長大後「蘭桂齊芳」、「高魁貴子」、「飛黃騰達」。雖說寶玉未考前已打定出家主意，所做一切只是為做個孝子賢孫，滿足上一代期望。但讓寶玉在人生理想和愛情上都做了投降派，如果雪芹地下有知，定會找高鶚算帳。

註

1. 《紅樓夢魘》，張愛玲著。研究《紅樓夢》各版本的增刪，而寫成的一部筆記式論著。周汝昌稱張愛玲是「紅學史」上怪傑，常流難以企及。張愛玲的小說，也深受《紅樓夢》影響。

五十九、你放心

據說寶玉銜玉而生，就是他出生時嘴裏銜着一塊玉，這就使他具備一種特殊身分：他的生命有特殊來歷，因此今生也不會是普通人。

看來寶玉因此獲得特殊待遇，並非他所願。他不想因他出生的異象，被人另眼相看。

當他初會林黛玉，就問：「可有玉沒有？」

黛玉回答：「我沒有玉，你那玉也是件稀罕物兒，豈能人人皆有？」

寶玉聽了，登時發作起狂病來，摘下那玉，就狠命摔去，罵道：「什麼罕物！人的高下不識，還說靈不靈呢？我也不要這勞什子（討厭的東西）。」

可是因了這玉，就有人來配他，第八回有詳細的介紹。

寶釵因笑説道：「成日家説你的這塊玉，究竟未曾細細的賞鑒過，我今兒倒要瞧瞧。」説着便挪近前來。寶玉亦湊過去，便從項上摘下來，遞在寶釵手內。寶釵托在掌上，只見大如雀卵，燦若明霞，瑩潤如酥，五色花紋纏護……

寶釵看畢，又重新翻過正面來細看，口裏念道：「莫失莫忘，仙壽恒昌。」念了兩遍，乃回頭向鶯兒笑道:「你不去倒茶，也在這裏發獃作什麼？」鶯兒也嘻嘻的笑道：「我聽這兩句話，倒像和姑娘項圈上的兩句話是一對兒。」

寶玉聽了，忙笑道：「原來姐姐那項圈上也有字？我也賞鑒賞鑒。」寶釵道:「你別聽他的話，沒有什麼字。」寶玉央及道：「好姐姐，你怎麼瞧我的呢！」寶釵被他纏不過，因説道:「也是個人給了兩句吉利話兒鏨上了，所以天天帶着。不然，沉甸甸的，有什麼趣兒？」一面説，一面解了排扣，從裏面大紅襖兒上將那珠寶晶瑩黃金燦爛的瓔珞摘出來。寶玉托着鎖看時，果然一面有四個字，兩面八個字，共成兩句吉讖，云：「不離不棄，芳齡永繼。」

寶玉看了，也念了兩遍，又念自己的兩遍，因笑問:「姐姐，這八個字倒和我的是一對兒。」鶯兒笑道：「是個癩頭和尚送的，他説必須鏨在金器上。」

玉上的八個字和金鎖上的八個字的確是「一對兒」。

另外還有一位史湘雲，賈母的侄孫女，性格爽朗，惹人喜愛，她身上也有「金」，是經常佩戴的金麒麟。那次寶玉隨賈母等一眾往清虛觀燒香，廟裏住持張道士捧出一盤法器，說是給寶玉玩賞的，裏面珠穿寶嵌共有三、五十件。後來發現其中有一件赤金點翠的麒麟，賈母覺得眼熟，寶釵記得湘雲身上有一個。寶玉聽說就將它揣在懷裏，準備送給湘雲，卻又有點鬼祟，被黛玉看在眼裏。

張道士又想幫寶玉提親，說有一位小姐的模樣兒，聰明智慧，根基家當都相配。這聽在黛玉和寶玉耳裏都不是滋味。

這天黛玉不適，寶玉來探望，黛玉卻說：「你只管聽你的戲去吧，在家裏做什麼？」寶玉受此奚落，也發火了：「我白認得你了！罷了，罷了！」黛玉哪裏肯饒人，冷笑兩聲說：「你白認得我了嗎？我哪裏能夠像人家有什麼配的上你的呢！」又回到金玉相配的關鍵矛盾上。

這次鬥嘴發展到：

> 那寶玉又聽見他（那時未有「她」字）說「好姻緣」三個字（指張道士說親的事），越發逆了己意。心裏乾噎，口裏說不出來，便賭氣向頸上摘下「通靈玉」來，咬咬牙，狠命往地下一摔，道：「什麼勞什子！我砸了你，就完了事了！」偏生那玉堅硬非常，摔了一下，

> 竟文風不動。寶玉見不破，便回身找東西來砸。黛玉見他如此，早已哭起來，說道：「何苦來你砸那啞吧東西？有砸他的，不如來砸我！」

說到底，問題的癥結在於黛玉的不放心，直到後來，寶玉終於作了貼心的表白：

> 這裏寶玉忙忙的穿了衣裳出來，忽見黛玉在前面慢慢走着，似乎有拭淚之狀，便忙趕上來，笑道：「妹妹往哪裏去？怎麼又哭了？又是誰得罪了你了？」黛玉回頭見是寶玉，便勉強笑道：「好好的，我何曾哭來。」寶玉笑道：「你瞧瞧，眼睛上的淚珠兒沒乾，還撒謊呢。」一面說，一面禁不住抬起手來，替他拭淚。黛玉忙向後退了幾步，說道：「你又要死了！又這麼動手動腳的。」寶玉笑道：「說話忘了情，不覺動了手，也就顧不得死活。」黛玉道：「死了倒不值什麼，只是丟下了什麼金，又是什麼麒麟，可怎麼好呢！」一句話，又把寶玉說急了，趕上來問道：「你還說這些話，到底是咒我還是氣我呢！」黛玉見問，方想起前日的事來，遂自悔這話又說造次了。忙笑道：「你別着急，我原說錯了，這有什麼要緊，筋都疊暴起來，急得一臉汗。」一面說，一面也近前伸手替他拭面上的汗。

> 寶玉瞅了半天，方說道：「你放心。」黛玉聽了，怔了半天，說道：「我有什麼不放心的？我不明白你這個話。你倒說說，怎麼放心不放心？」寶玉歎了一口氣，

問道：「你果然不明白這話？難道我素日在你身上的心都用錯了？連你的意思若體貼不着，就難怪你天天為我生氣了！」黛玉道：「我真不明白放心不放心的話。」寶玉點頭歎道：「好妹妹，你別哄我。你真不明白這話，不但我素日白用了心，且連你素日待我的心也都辜負了。你皆因都是不放心的原故，才弄了一身的病了。但凡寬慰些，這病也不得一日重似一日了！」

黛玉聽了這話，如轟雷掣電，細細思之，竟比自己肺腑中掏出來的還覺懇切，竟有萬句言語，滿心要說，只是半個字也不能吐出，只管怔怔的瞅着他。此時寶玉心中也有萬句言詞，不知一時從哪一句說起，卻也怔怔的瞅着黛玉。兩個人怔了半天，黛玉只咳了一聲，眼中淚直流下來，回身便走。寶玉忙上前拉住道：「好妹妹，且略站住，我說一句話再走。」黛玉一面拭淚，一面將手推開，說道：「有什麼可說的？你的話我都知道了。」口裏說着，卻頭也不回竟去了。

用現代的眼光看來，賈寶玉和林黛玉的愛情並不那麼美麗，我們不該以現代的標準要求他們，但不妨以現代的觀點加以評論。

首先他們的生活圈子太狹窄，不食人間煙火，不知民間疾苦，坐享富貴生活，因此視野狹小。寶玉這被眾人寵壞了的公子哥兒，整天在脂粉堆裏賣弄他的多情博愛。黛玉自憐自愛，為小事拈酸吃醋，一把利嘴不饒人，整天像受了委屈。

書中有批寶玉的一首《西江月》[1]，初讀以為是反面文章，讀後卻頗同意：

富貴不知樂業，貧窮難耐淒涼；
可憐辜負好時光，於國於家無望。
天下無能第一，古今不肖無雙；
寄言紈袴與膏粱，莫效此兒形狀。

有人欣賞他的「不肖」，他跟黛玉不屑於仕途經濟的反叛精神，但他們可曾捨棄豪門的豢養，為自己闖出一條新路？他們不但沒有做，連想都不曾想，因為連作者都沒有這樣的「覺悟」。寶玉最後的抉擇只是他說了一次又一次的「做和尚去」。

註

1. 《西江月》，詞牌名。《西江月二首》，見於《紅樓夢》第三回，以反話描述賈寶玉的叛逆性格，表面是對賈寶玉的嘲笑和否定，實質是對他的褒揚。

六十、撕扇子的高論

端午節那天，適逢寶玉情緒不佳，他平素嬌寵慣的丫頭晴雯，不小心失手跌了把扇子在地，斷了扇骨。寶玉歎道：

>「蠢才，蠢才，將來怎麼樣？明日你自己當家立業，難道也是這麼顧前不顧後的？」

晴雯哪裏受得責備，加上她心裏盼的是終生與寶玉相陪，寶玉說「明日你自己當家立業」，分明是要把她送出去，於是便冷笑道：

>「……先時候兒，什麼玻璃缸、瑪瑙碗，不知弄壞了多少，也沒見個大氣兒。這會子一把扇子就這麼着，何苦來呢？嫌我們就打發了我們，再挑好的使，好離好散的，倒不好？」

寶玉才說了兩句，她就回嘴了一大片，哪像個下人的樣子。寶玉聽了，氣得渾身亂顫。

那天晚上，兩人早為日間的爭執後悔。寶玉像沒事一般，要晴雯拿菓子給他吃，晴雯還是想在口舌上爭勝：

「……我一個蠢才，連扇子還跌折了，那裏還配打發吃菓子。倘或再砸了盤子，更了不得了！」

瞧，這丫頭就是記仇。卻引發這不知稼穡艱難的公子哥兒一番「妙」論：

「你愛砸便砸。這些東西原不過是借人使用。你愛這樣，我愛那樣，各有性情。比如那扇子，原是搧的，你要撕着頑兒也可以使得，只是別生氣時拿他出氣……這就是愛物了。」

虧他想出這樣的「惜物論」。違背物件的製作用途，只為頑要加以破壞，反正不用他花錢去買，更不用他親手製作。看這兩個寶貝是怎樣頑（玩）的：

晴雯聽了，笑道：「既這麼説，你就拿扇子來我撕，我最喜歡聽撕的聲兒。」（只是要證明她在對方心中有多重要，任何不合情理的要求都依她。）寶玉聽了，便笑着遞與她。晴雯果然（果然！等於「居然」，本是不該。）接過來，「嗤」的一聲，撕了兩半，接着又聽「嗤嗤」幾聲。寶玉在旁笑着説：「撕的好，再撕響些！」

正説着，只見麝月走過來，瞪了一眼，啐道：「少作點孽兒吧！」（作孽，是正常的人都會這樣想。可是……）寶玉趕上來，一把將他手裏扇子也奪了，遞給晴雯。（助紂為虐）晴雯接了，也就撕作幾半子。二人都大笑起來。（難看！）

最後是：

晴雯笑着，便倚在牀上說道：「我也乏了，明日再撕罷。」（繼續作孽）寶玉笑道：「古人云：『千金難買一笑。』幾把扇子，能值幾何？」（自比昏君周幽王，把晴雯比褒姒。想問寶玉：你這一生憑自己的本領賺過一毛錢沒有？）

六十一、愛情非專利

寶玉有一份自信，就是他乃大觀園裏最多情的公子。

他的丫環晴雯死後，他寫了一篇祭文「芙蓉女兒誄」，其中有兩句：「豈道紅綃帳裏，公子情深；始信黃土隴中，女兒命薄。」除了字面刻意求對外，以性事對死亡，形成強烈的意象。連黛玉也說他「俗濫」，但這「公子多情」卻是他自命的。

第三十回，寶玉偶然見到大觀園養着的年輕戲子之一的齡官，有這樣的表現：

> （寶玉）只見赤日當天，樹陰匝地，滿耳蟬聲，靜無人語。剛到了薔薇架，只聽見有人哽噎之聲。寶玉心中疑惑，便站住細聽，果然那邊架下有人。此時正是五月，那薔薇花葉茂盛之際，寶玉悄悄的隔着籬笆洞兒一看，只見一個女孩子蹲在花下，手裏拿着根別頭的簪子在地下摳土，一面悄悄的流淚……再留神細看，見這女孩子眉蹙春山，眼顰秋水，面薄腰纖，裊裊婷婷，大有黛玉之態。寶玉早又不忍棄他而去，只管癡看。只見他雖然用金簪畫地，並不是掘土埋花，竟是向土上畫字。

> 寶玉拿眼隨着簪子的起落，一直到底，一畫、一點，一勾的看了去，數一數，十八筆。自己又在手心裏，用指頭按着他方才下筆的規矩寫了，猜是個什麼字。寫成一想，原來就是個薔薇花的「薔」字……一面想，一面又看，只見那女孩子還在那裏畫呢！畫來畫去，還是個「薔」字；再看，還是個「薔」字。

> 裏面的原是早已癡了，畫完一個「薔」，又畫一個「薔」，已經畫了有幾十個。外面的不覺也看癡了，兩個眼睛珠兒只管隨着簪子動，心裏卻想：「這女孩子一定有什麼說不出的心事，才這麼個樣兒。外面他既是這個樣兒，心裏還不知怎麼熬煎呢？看他的模樣兒，這麼單薄，心裏哪裏還擱得住熬煎呢？可恨我不能替你分些過來。」

這女子寫的「薔」字是賈薔，並非一個出色的人，卻也有人對他如此情癡。賈寶玉自命多情，又被許多女性所愛，看了齡官的表現，應該知道愛情不是一兩個人的專利，哪怕是你眼中並不可愛的人，也有人愛得顛三倒四，連下雨淋濕了也不知。

齡官和賈薔的故事沒有結尾，成了閒筆，卻讓許多讀者記住了，因為出自真心的愛情總是美麗的。

六十二、寶玉父子

《紅樓夢》第十七回之〈大觀園試才題對額〉，發揮了多重作用：

詳細地描繪了大觀園全景，後人仿製，包括拍戲，都有所依據。書中人物之生活起居皆有所依從，也讓我們看到曹雪芹勝任做園藝設計師。

表現了賈寶玉有學問、有才氣，而且常有不同凡俗的觀點。當然能寫出這些，也表現了作者同樣具備。

表現了一個父親的心理，一方面炫耀兒子的不凡，卻又故作謙虛，以責備代替讚賞，顯出為父管教的嚴厲。其虛偽眾人（包括大班清客）皆知。

且讓我們看看寶玉有所表現時，他父親賈政說些什麼？

> 清客們說：「是極，妙極！二世兄（寶玉）天分高，才情遠，不似我們讀腐了書的。」（拍馬之詞，虛偽！）賈政笑道：「不當過獎他。他年小的人，不過以一知充十用，取笑罷了。」

當寶玉把元妃他日第一處行幸之所命名為「有鳳來儀」，眾人轟然叫妙時，賈政雖然點頭，卻道：

「畜生，畜生，可謂管窺蠡測矣。」

當寶玉把一處莊園擬名為「稻香村」，眾人拍手道妙時，賈政一聲斷喝：

「無知的畜生！你能知道幾個古人，能記得幾首舊詩？敢在老先生們跟前賣弄！方才任你胡說，也不過是試你的清濁，取笑而已，你就認真了？」

當寶玉對一處故作樸素有失天然的茆堂不表欣賞時，賈政罵道：

「無知的蠢物！你只知朱樓畫棟，惡賴富麗為佳，那裏知道這清幽氣象？終是不讀書之過。」

寶玉不服，說這都是些假東西，如所謂田莊：

「分明是人力造作而成，遠無鄰村，近不負郭，背山無脈，臨水無源……即百般精巧，終不相宜。」

這倒真觸犯了賈政的審美觀，不待寶玉說完，已氣的喝命：

「扠出去！」

各位看官，如果你有這樣一位父親，明明覺得好的也不誇獎，還故意低貶，惡言相向，雖明知他裝模作樣，心裏也不會舒暢。到後來更有一節〈不肖種種大受笞撻〉（第三十三回），差點把寶玉打死，這個做父親的實在失敗。

或許賈政不喜歡寶玉，從他周歲便開始。賈政為測他將來志向，將世上所有之物，擺了無數，給周歲的他抓取。誰知他一概不拿，伸手只把那些脂粉釵環來玩弄。賈政認為他將來會是酒色之徒，因此便不甚愛惜。

賈政體罰寶玉不久後外調，到書的七十一回才回來，為賈母八十大壽慶祝。他們見面時都是又喜又悲，並沒有詳細敘說。

直到高鶚續寫的第一百二十回，賈政扶賈母靈柩回金陵安葬後回家，路上得知寶玉走失。船至毘陵驛，一個下雪天，賈政在船上寫家書，抬頭忽見船頭上微微的雪影裏有一個人，光着頭，赤着腳，身上披着一領大紅猩猩氈的斗篷，向賈政倒身下拜。賈政才要回揖，卻認得對方是寶玉。大吃一驚，問道：「可是寶玉麼？」那人卻不言語，似喜似悲。這時船頭來了兩人，一僧一道，夾住寶玉說道：「塵緣已畢，還不快走！」

說着三人飄然登岸而去。賈政登岸追趕，倏然不見，只見白茫茫一片曠野，並無一人。父子相別，寶玉竟無一言。

對高鶚的續書，毀多於譽，唯對這個結尾欣賞的不少。或許是因為在第五回中，曹雪芹預言的結局在一曲「飛鳥各投林」中已有預告：

> ……看破的，遁入空門；癡迷的，枉送了性命。好一似食盡鳥投林，落了片白茫茫大地真乾淨。

六十三、寶玉被打屁股之後

寶玉因「流蕩優伶、表贈私物、荒疏學業、淫逼母婢」的罪名，被父親賈政一頓好打。這次在賈政暴怒之下，打得實在重了，家人各有什麼反應呢？

第一個是寶玉的母親王夫人，她哭着說：「寶玉雖然該打，老爺也要保重。且炎暑天氣，老太太身上又不太好，打死寶玉事小，倘若老太太一時不自在了，豈不事大？」

顯然王夫人是弱勢，既討好丈夫要他保重，又拿老太太壓他。這番話說服不了賈政，反而更加生氣，說要拿繩了去勒死寶玉。到王夫人說重話了：「……既要勒死他，快拿繩先勒死我，再勒死他！我們娘兒們不如一同死了，在陰司裏也得個倚靠。」當然，大家都只是說說而已。

第二個是賈母，寶玉的祖母。人未到，顫巍巍的聲音先到：「先打死我，再打死他，豈不乾淨了！」在賈政認錯後，老太太施出她的撒手鐗，命人備轎，說要與賈政的太太和寶玉立即回南京去。當然這也是姿態而已。

第三個是鳳姐，她最實際，命令丫環媳婦們用春凳抬寶玉回房去。

第四個是襲人，服侍寶玉的貼身大丫環，未來侍妾身分。幫寶玉整理傷處時說：「我的娘！怎麼下這般的狠手！你但凡聽我一句話，也不到得這步田地！幸而沒動筋骨，倘或打出個殘疾來，可叫人怎麼樣呢？」又憐又愛又怪責，又替自己擔心。她的話寶玉一直不愛聽。

第五個是寶釵，她帶了療傷的丸藥來。吩咐襲人怎樣施用。問寶玉這會可好些？跟着歎氣說：「早聽人一句話，也不致有今日。別說老太太、太太心疼，就是我們看着，心裏也有……」剛說半句，便忙咽住，自悔說的話太急了，不覺紅了臉，低下頭來。她的話跟襲人相似，有關愛，有怪責，把自己跟長輩排一起，既示無他卻又親切。說了半句就咽住，又低頭紅臉，說明心中別有情意。

讀者等待的是第六個：黛玉。看她是怎麼個模樣，又有什麼說的？

先是寶玉見到她兩個眼睛腫得桃兒一般，滿面淚光。

> 此時黛玉雖不是嚎啕大哭，然越是這等無聲之泣，氣噎喉堵，更覺利害……半天方抽抽噎噎的說道：「你從此可都改了罷！」

襲人、寶釵都怪寶玉不曾聽她們的話，這些話看來是希望他關心「仕途經濟」，將來才有出息，而寶玉認為這些都是「混帳話」，是林妹妹從來不說的。這句「你從此可都改了罷」，寶玉當然聽得出這是她違心之論，只是不想他再受苦。

一件事引出六個人的不同反應，根據的是他們的身分、個性和心理狀態，讓大家讀出那些說話明裏暗裏的意思，這都帶給讀者愉快的享受。

六十四、假修行，真擺設

為元妃省親，賈府不惜以龐大經費建造一個大觀園，園中有假山假水假莊園，甚至有假庵堂。

這樣的諸般皆假，我們並不陌生。許多中國的旅遊景點，仍走這樣的路向。以前香港曾有宋城，城中除房屋街道，還有假扮的宋人。

大觀園中的庵堂叫櫳翠庵，庵中有位帶髮修行的師父叫妙玉。

這妙玉是蘇州人士，祖上亦官宦人家。她自小體弱多病，買了許多替身入廟，抵銷前生罪愆，都不成功，最後要自己出家，方才好了。她精通文墨，寫一手好字。當大觀園需要一位出家人時，妙玉被舉薦，從蟠香寺迎了出來。書中沒有她誦經禮佛的細節，卻把重點放在飲茶上。光看賈母率眾人到櫳翠庵時她用的茶杯：

給賈母： 托盤——海棠花式雕漆填金雲龍獻壽小茶盤。

茶杯——成窯五彩小蓋鍾。（據説 2014 年收藏家某人以 2.8 億元拍下類似的一件）

給眾人： 茶杯——官窯脱胎填白蓋碗。

給寶釵： 茶杯——「分瓜」瓟斝（王愷珍玩）。

給黛玉： 茶杯——點犀「喬皿」。

給寶玉： 茶杯——自用的綠玉斗。

大盞——九曲十環二百二十節蟠虬整雕竹根大盞。

其間發生一件事，來賈府求濟助的鄉村老太婆劉姥姥也隨隊來到庵堂，賈母把喝了半盞的茶杯賞她喝。後來妙玉叫人把劉姥姥用過的杯子丟了，因為她認為杯子腌臢，不能再用了。

曹雪芹寫的這一節，讓我們看到：

她炫富，把貴重的東西拿出來顯擺。

她不惜物，那麼好的東西可以隨便丟了。

她歧視低下階層，認為他們骯髒，表現了一種乖張的潔癖。

而這些跟她佛教修道人的身分都不配合，因為她奢華、炫耀、浪費、歧視窮人，不懂得眾生平等。因此她跟大觀園裏其他事物一樣，也是一種擺設而已。

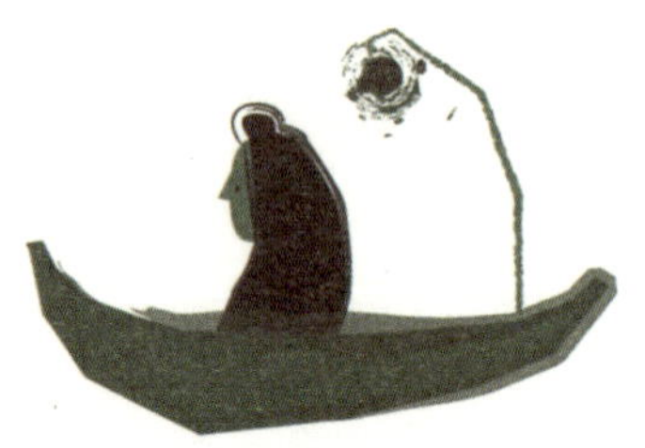

六十五、誤把仙姬作校書

1961年12月，郭沫若在從化溫泉旅次，一面讀清代詩人袁枚的《隨園詩話》[1]，一面隨手寫了七十七條札記，其中一篇是〈談林黛玉〉[2]。

郭沫若抄《隨園詩話》卷二第二十三則，袁枚說：「康熙間，曹楝亭為江寧織造……其子雪芹撰《紅樓夢》一部，備記風月繁華之盛。明我齋（富察明義，字我齋，雪芹好友）讀而羨之。當時紅樓中有某校書尤豔。」

我齋題詩兩首，下面是其中之一：

病容憔悴勝桃花，午汗潮回熱轉加。
猶恐意中人看出，強言今日較差些。

郭沫若說此詩分明是吟林黛玉，袁枚卻誤以為此人是「校書」(妓女的別稱)，說明他沒有看過這本書，誤把「紅樓」作「青樓」了。

於是他也作詩兩首諷刺袁枚：

隨園蔓草費爬梳，誤把仙姬作校書。
醉眼看朱方化碧，此翁畢竟太糊塗。

誠然風物記繁華，非是秦淮舊酒家。
詞客英靈應落淚，心中有妓奈何他。

郭沫若在詩中用了三個典故：

看朱成碧。把紅看成綠，出自南朝梁王僧孺詩《夜愁示諸客》[3]：

誰知心眼亂，看朱忽成碧。

後來武則天的《如意娘》[4]中也有句：

看朱成碧思紛紛，憔悴支離為憶君。

杜牧詩《泊秦淮》[5]：

煙籠寒水碧籠沙，夜泊秦淮近酒家，
商女不知亡國恨，隔江猶唱後庭花。
(商女，即歌妓。)

北宋理學家程顥、程頤有「心中有妓」的故事。兩人赴宴，席間有歌妓，頤拂袖而去，顥留下。翌日頤以此指責顥，顥說：「昨日座中有妓而我心中無，今日座中無妓而你心中有。」這最後一句正是幽袁枚一默。

註

1. 《隨園詩話》，清朝詩人袁枚著，共十六卷，另有《隨園詩話補遺》十卷，選錄女詩人作品尤多，引文多不註明出處。主要價值在於其所倡的性靈說詩論，強調創作必須具備真情、個性、詩才。胡適引用《隨園詩話》，考證《紅樓夢》是曹雪芹的作品。
2. 〈談林黛玉〉，郭沫若（1892-1978 年）著。此文收錄於《讀隨園詩話劄記》第六篇。全書為札記，共七十七篇。
3. 《夜愁示諸客》，南梁王僧孺著，詩歌盡寫愁悶心緒。後世以此詩形容心煩意亂或酒醉時，目光恍惚，不辨五色。
4. 《如意娘》，唐朝武則天著，是她在感業寺出家時所寫的七言絕句，寫給唐高宗的情詩。此詩極盡相思愁苦。
5. 《泊秦淮》，晚唐文學家杜牧著。此詩是詩人夜泊秦淮時觸景感懷之作。全詩寓情於景，意境悲涼，眼見燈紅酒綠，醉生夢死，想到唐朝國勢日衰，感慨萬千而寫下。

六十六、奇妙的遊記

中國甚至世界，沒有一本書能寫出《鏡花緣》[1]這麼奇妙的遊記。徐霞客做不到，柳宗元寫不出。外國的《格列佛遊記》[2]（*Gulliver's Travels*）黯然失色，雖然大家都有「大人國和小人國」的故事，《格列佛遊記》成書早於《鏡花緣》，但完整的譯本在中國出版時，李汝珍已不及見。

書中主角唐敖、林之洋、多九公坐船遊歷了三十一個國家，其奇思妙想、多姿多彩，使讀者目不暇給。若說影響，《山海經》可能有一點點，但也僅止於山川物種之奇，與現實拉不上多少關係。

這三十一個國家，其特色處，一類在生理結構，一類在風俗習慣。

生理結構：

有聶耳國，耳大垂肩。據説另有一小國，耳朵更大，大得可以包住整個人，躺在裏面不用蓋被。

有無腸國，上邊吃了下邊就排泄，食物可以不止吃一次。

有犬封國，人身狗頭。

有長毛國，一身是毛。

有深目國，眼睛長在手掌上。

有黑齒國，渾身上下連牙齒都是黑的。

有小人國，身長不滿一尺，兒童只得四寸。

有跂踵國，高八尺，闊八尺，用腳趾行走。

有長人國，身高七、八丈。

有兩面國，一首而兩面。

有穿胸國，胸前有洞，可扛着走。

有豕喙國，生着一張豬嘴。

風俗習慣：

有君子國，好讓不爭。

有勞民國，身子搖擺，坐立不安。(使我想起柏金遜症)

有鬼方國，終夜不眠，日夜顛倒。(現代許多青年如此)

有無繼國，沒有下一代，人死一百二十年後又復活。

有淑士國，出口成文，之乎者也。

有伯慮國，杞人憂天，不知歡樂為何物。(像患了抑鬱症)

有智佳國，苦思各種智力問題，心血耗盡，少年頭白。

有女兒國，男女角色互換。

李汝珍寫這些國家，不是純從獵奇角度來寫。

君子國反照現實社會的自私自利，風氣澆薄。

犬封國諷刺大吃大喝的酒囊飯袋。

長毛國是一毛不拔的結果。

無繼國因大限難逃，對名利看淡。而我們死後不能復活卻被名利迷魂陣所困，更屬癡人。

深目國眼生掌上，利於防範，與現代人缺乏安全感比對。

淑士國諷刺一些讀書人的酸腐之氣，使人難耐。

兩面國諷刺有人兩副面孔，別被他們騙了。

豕喙國是謊精的托生地。

伯慮國人人為負面思維所困，作繭自縛，打不開困局。

女兒國為女權發聲，讓男人去經歷穿耳、纏足之痛。向陋習說不。

李汝珍描寫細節也有一手，請看他寫兩面國的另一面：

唐敖道：「豈但如此！後來舅兄又同一人說話，小弟暗暗走到此人身後，悄悄把他浩然巾揭起。不意裏面藏着一張惡臉，鼠眼鷹鼻，滿面横肉。他見了小弟，把掃帚眉一皺，血盆口一張，伸出一條長舌，噴出一股毒氣，霎時陰風慘慘，黑霧漫漫，小弟一見，不覺大叫一聲：『嚇殺我了！』

李汝珍寫三人來到黑齒國，見國人雖生得黑，但滿臉秀氣，風流儒雅，不覺自慚形穢。他用了多組排句加以形容，很見功夫：

> 三人於是躲躲閃閃，聯步而行。一面走着，看那國人都是端方大雅；再看自己，只覺無窮醜態。相形之下，走也不好，不走也不好；緊走也不好，慢走也不好，不緊不慢也不好；不知怎樣才好！

> 只好疊着精神，穩着步兒，探着腰兒，挺着胸兒，直着頸兒，一步一趨，望前而行。好容易走出城外，喜得人煙稀少，這才把腰伸了一伸，頸項搖了兩搖，噓了一口氣，略為鬆動鬆動。林之洋道：「剛才被妹夫説破，細看他們，果都大大方方，見那樣子，不怕你不好好行走。俺素日散誕慣了，今被二位拘住，少不得也裝斯文混充儒雅。誰知只顧拿架子，腰也酸了，腿也直了，頸也痛了，腳也麻了，頭也暈了，眼也花了，舌也燥了，口也乾了，受也受不得了，支也支不住了。再要拿架子，俺就癱了！快逃命罷！此時走的只覺發熱。原來九公卻帶着扇子。借俺扇扇，俺今日也出汗了！」

魯迅把《鏡花緣》歸類為「以小說見才學者」，這一點在下半部更是如此，那趣味性就不是現代讀者所能欣賞的了。

註

1.《鏡花緣》：清朝李汝珍著。此書是一部長篇神魔小說，全書一百回。上半部描寫唐敖、多九公等人乘船在海外遊歷的故事，後半部寫武則天科舉選才女，由「百花仙子」托生的百位才女考中，並在朝中的故事。一百回後，不少劇情沒交代。清末華琴珊著《續鏡花緣》，是其續集。

2.《格列佛遊記》，集牧師、政治人物與作家一身的愛爾蘭人喬納森・斯威夫特創作的小說，1735 年完全版面世。描寫格列佛醫生的神奇旅行，諷刺當時皇室及科學家。全書共分成四個部分，記載格列佛的四次冒險旅行。書中內容如「大人國與小人國」，多次被改編為卡通、電影、電視劇等。

六十七、顯才藝不能自已

清代李汝珍的《鏡花緣》是一本奇書，可分上下兩部書看，上部是一本想像力豐富的遊記，比《八十日環遊世界》[1]更精彩，比「大人國和小人國」更有趣。唐敖、林之洋、多九公三位主角遊覽了君子國、聶耳國、無腸國、黑齒國、小人國、白民國、淑士國、兩面國、豕喙國、智佳國、女兒國、軒轅國等十多個國家，不但設想奇妙，而且諷刺現實。是很好的青少年讀物。

下部卻是作者賣弄才情、學問、雜學的園地。魯迅在《中國小說史略》中說他「論學說藝，數典談經，連篇累牘而不能自已，則博識多通又害之」。

他自己也借林之洋之口介紹這本書：

> 上面載着諸子百家，人物花鳥，書畫琴棋，醫卜星相，音韻算法，無一不備。還有各樣燈謎，諸般酒令，以及雙陸馬吊，射鵠蹴球，鬥草投壺，各種百戲之類。件件都可解得睡魔，也可令人噴飯。

魯迅說他的博識反而害了他，是因為寫得像一本遊戲指南而不是小說，削弱了文學性。

而這些遊戲，到了今天，除棋戲等一兩種基本上已無人再玩，也不懂得玩，因此閱讀時非但不能驅除睡魔，反而引來睡魔。

這情況同時見於不少古典小說中，作者長於詩詞，借故事中才子才女，唱酬不絕，來顯示自己的才華。編《古體小說鈔．明代卷》[2]的程毅中在〈後記〉中說：

> 這一類新傳奇體小說的主要特徵之一，是穿插了大量的詩詞歌賦，作者以此來顯露才華，給作品增添一些文采。

《紅樓夢》中雖然也有不少詩詞歌賦，但貼合人物身分，是林黛玉寫的就是林體，薛寶釵寫的就是薛體，且有寓意在其中，對情節之發展並無妨礙。

《鏡花緣》好的是作者有幽默感，能以笑話穿插其間，這就地取材的能力值得借鏡。就讓我舉兩個例子。

題花（故事中人物）在扇子上撇蘭（畫蘭葉的技法）。紫芝說了一個故事打趣她：

某家養了一隻小豬，忽然得個怪病，伏在地上將尾亂擺。有人傳個方兒，說塗些黑墨在尾上就會好，誰知那尾巴擺得更甚。只得請個獸醫來看，獸醫見滿地上畫得横一道，豎一道，便說：「這麼好的豬，還說有病！」主人家問：「怎說無病？」獸醫說：「如果有病，怎會撇得那樣好蘭？」

六個女子在打鞦韆，紫芝又說了一個故事。

老蛆在茅坑裏肚飢，有人登廁大便，因便秘糞出半段未墜。命小蛆沿坑而上看個究竟，小蛆回報，那「黃食」像在那裏玩耍。老蛆問玩什麼？小蛆說：「他搖搖蕩蕩，懸在半空，看來在打鞦韆。」

註

1.《八十日環遊世界》，法國作家儒勒·凡爾納創作的長篇小說，全書共三十七章，首次出版於 1873 年。描寫英國紳士福克與朋友打賭，要在八十天環游地球一周回到倫敦。他與僕人克服路途艱難，連串冒險後，最後返回倫敦。

2.《古體小說鈔·明代卷》，由集教師、編輯、作家、研究員一身的程毅中所編，收錄五十多篇明朝小說，作者另有編錄宋元、清朝小說。

六十八、用作品來哭

清朝的劉鶚用洪都（有說應為鴻都）百鍊生筆名寫的《老殘遊記》，有一篇《自序》，用哭做主題，把哭分了類：

一、**不會哭**　無靈性，如牛馬

二、**會哭**　有靈性，如猿猴，人

A. 無力類　如小兒女沒糖吃

B. 有力類

i. 弱，以哭泣為哭，如孟姜女哭崩長城

ii. 強，不以哭泣為哭，例子見下：

> 《離騷》[1]為屈大夫之哭泣，《莊子》[2]為蒙叟（莊周）之哭泣，《史記》為太史公之哭泣，《草堂詩集》[3]為杜工部之哭泣；李後主以詞哭，八大山人以畫哭；王實甫寄哭泣於《西廂》，曹雪芹寄哭泣於《紅樓夢》。王之言曰：「別恨離愁滿肺腑，難陶洩，除紙筆，代喉舌，我千種相思向誰說？」曹之言曰：「滿紙荒唐言，一把辛酸淚；都云作者癡，誰解其中意！」名其茶曰：「千芳一窟」，名其酒曰：「萬豔同杯」者，千芳一哭，萬豔同悲也。

他沒有舉出的更多，如李白之哭：「抽刀斷水水更流，舉杯消愁愁更愁。人生在世不稱意，明朝散髮弄扁舟。」白居易之哭：「天長地久有時盡，此恨綿綿無絕期。」、「座中泣下誰最多，江州司馬青衫濕。」陳子昂之哭：「前不見古人，後不見來者，念天地之悠悠，獨愴然而涕下。」蘇東坡之哭：「小舟從此逝，江海度餘生。」李清照之哭：「梧桐更兼細雨，到黃昏，點點滴滴。這次第，怎一個愁字了得！」

羅貫中的《三國演義》，歷史小説，看清楚，其中盡是悲劇人物，自己哭，旁人哭。

諸葛亮：出師未捷身先死，常使英雄淚滿襟。（杜甫《蜀相》）

曹操：對酒當歌，人生幾何？譬如朝露，去日苦多。（曹操《短歌行》）他死時不過六十六歲，遺囑要設疑塚七十二個，怕後人發掘。吩咐完後長歎一聲，淚如雨下。

劉備：滅曹之願落空，兒子劉禪才能不足。卻要放下一切離世了。

關羽：被孫權所殺，死後不平，陰魂不散，大呼：「還我頭來！」

周瑜：臨終仰天長歎：「既生瑜，何生亮！」連叫數聲而亡。

現代小說中，魯迅為閏土，祥林嫂、阿Q、孔乙己而哭。劉鶚說：

> 吾人生今之時，有身世之感情，有家國之感情，有社會之感情，有種教（種族、宗教）之感情。其感情愈深者，其哭泣愈痛。此洪都百鍊生所以有《老殘遊記》之作也。

即《老殘遊記》是他表示哀痛之作。

註

1. 《離騷》，戰國時代楚國屈原所寫的辭賦，是楚辭中最著名的作品，屬自傳文學與抒情詩。描寫屈原自述身世，因被君王疏遠而感到悲憤，他向神靈陳辭，叩問巫師，在去留之間猶疑不決，最後不忍去國而留下。作者善用比喻手法，托物寓意，如花、美人、歷史故事、占卜、飛翔等。
2. 《莊子》，道家思想著作。集合了莊子及莊學後人的篇章而成，分為內篇、外篇與雜篇。道教奉為經典，也稱為《南華真經》、《南華經》。原為五十二篇。現存三十三篇，採用大量神話傳說與寓言故事來表達主題是其特色。
3. 《草堂詩集》，此為統稱。草堂主人是唐朝詩人杜甫。公元759年，杜甫因安史之亂流亡成都，在浣花溪畔蓋起了一座茅屋，住了四年，是為成都草堂。其間作詩二百四十餘首，是其創作高峰期。部分作於草堂的詩，有以草堂之名，即《草堂即事》。

六十九、一城山色半城湖

《老殘遊記》之為中學生認識，因為課本中選了其中的「明湖遊記」。整本《老殘遊記》中，唯這篇最像遊記。有風景，有古蹟，有遊程，記載詳盡，文字優美。

我旅遊到過濟南，也因為讀過這篇文章，慕名而來。

> 一路秋山紅葉，老圃黃花，頗不寂寞。到了濟南府，進得城來，家家泉水，户户垂楊，比那江南風景，覺得更為有趣。到了小布政司街，覓了一家客店，名叫高陞店，將行李卸下，開發了車價酒錢，胡亂吃點晚飯，也就睡了。（兩組對句，便於記憶。）

> 次日清晨起來，吃點兒點心，便搖着串鈴滿街踅了一趟，虛應一應故事。午後便步行至鵲華橋邊，雇了一隻小船，盪起雙槳，朝北不遠，便到歷下亭前。下船進去，入了大門，便是一個亭子，油漆已大半剝蝕。亭子上懸了一副對聯，寫的是「歷下此亭古，濟南名士多」，上寫着「杜工部句」，下寫着「道州何紹基書」。亭子旁邊雖有幾間房屋，也沒有什麼意思。復行下船，向西盪去，不甚遠，又到了鐵公祠畔。你道鐵公是誰？就是明初與燕王為難的那個鐵鉉。後人敬他的忠義，所以至今春秋時節，土人尚不斷的來此進香。

到了鐵公祠前，朝南一望，只見對面千佛山上，梵宇僧樓，與那蒼松翠柏，高下相間，紅的火紅，白的雪白，青的靛青，綠的碧綠，更有那一株半株的丹楓夾在裏面，彷彿宋人趙千里的一幅大畫，做了一架數十里長的屏風。正在歎賞不絕，忽聽一聲漁唱，低頭看去，誰知那明湖業已澄淨的同鏡子一般。那千佛山的倒影映在湖裏，顯得明明白白，那樓臺樹木，格外光彩，覺得比上頭的一個千佛山還要好看，還要清楚。這湖的南岸，上去便是街市，卻有一層蘆葦，密密遮住。現在正是開花的時候，一片白花映着帶水氣的斜陽，好似一條粉紅絨毯，做了上下兩個山的墊子，實在奇絕。（這一段有三個比喻：大畫、鏡子和墊子，可供效法。）

老殘心裏想道：「如此佳景，為何沒有什麼遊人？」看了一會兒，回轉身來，看那大門裏面楹柱上有副對聯，寫的是「四面荷花三面柳，一城山色半城湖」，暗暗點頭道：「真正不錯！」進了大門，正面便是鐵公享堂，朝東便是一個荷池。繞着曲折的迴廊，到了荷池東面，就是個圓門。圓門東邊有三間舊房，有個破匾，上題「古水仙祠」四個字。祠前一副破舊對聯，寫的是「一盞寒泉薦秋菊，三更畫舫穿藕花」。過了水仙祠，仍舊上了船，盪到歷下亭的後面。兩邊荷葉荷花將船夾住，那荷葉初枯，擦的船嗤嗤價響；那水鳥被人驚起，格格價飛；那已老的蓮蓬，不斷的蹦到船窗裏面來。老殘隨手摘了幾個蓮蓬，一面吃着，一面船已到了鵲華橋畔了。（文內有一排句，老師可用作示例。）

七十、王小玉説書

中學生即使沒有看過清代劉鶚的《老殘遊記》，也有可能在課本中讀過其中兩篇，一篇是「大明湖」，一篇是「王小玉説書」。

聽説書的地點在山東濟南明湖居，表演的是山東大鼓書，表演者有黑妞和白妞，主要是白妞。

形容白妞的表演，作者主要用了修辭學中的比喻法。

先看白妞目光的運用：

> 方抬起頭來，向台下一盼。那雙眼睛，如秋水，如寒星，如寶珠，如白水銀裏頭養着兩丸黑水銀，左右一顧一看，連那坐在遠遠牆角子裏的人，都覺得王小玉看見我了……

這「**如**」什麼，就是明喻，一共用了四個。

再看她的歌聲給聽眾的感覺：

王小玉便啟朱唇，發皓齒，唱了幾句書兒。聲音初不甚大，只覺入耳有說不出來的妙境。五臟六腑裏，像熨斗熨過，無一處不伏貼；三萬六千個毛孔，像吃了人參果，無一個毛孔不暢快。

這「**像**」什麼，也是明喻。

再看他形容王小玉聲音的操控：

唱了十數句之後，漸漸的越唱越高，忽然拔了一個尖兒，像一線鋼絲拋入天際，不禁暗暗叫絕。

那知他於那極高的地方，尚能回環轉折。幾囀之後，又高一層，接連有三四疊，節節高起。恍如由傲來峰西面攀登泰山的景象：初看傲來峰削壁千仞，以為上與天通；及至翻到傲來峰頂，才見扇子崖更在傲來峰上；及至翻到扇子崖，又見南天門更在扇子崖上：愈翻愈險，愈險愈奇。

那王小玉唱到極高的三四疊後，陡然一落，又極力騁其千回百折的精神，如一條飛蛇在黃山三十六峰半中腰裏盤旋穿插。頃刻之間，周匝數遍。

從此以後，愈唱愈低，愈低愈細，那聲音漸漸的就聽不見了。滿園子的人都屏氣凝神，不敢少動。約有兩三分鐘之久，彷彿有一點聲音從地底下發出。這一出之後，忽又揚起，像放那東洋煙火，一個彈子上天，隨化作千百道五色火光，縱橫散亂。

這一聲飛起，即有無限聲音俱來並發。那彈弦子的亦全用輪指，忽大忽小，同他那聲音相和相合，有如花塢春曉，好鳥亂鳴。耳朵忙不過來，不曉得聽那一聲的為是。正在撩亂之際，忽聽霍然一聲，人弦俱寂。這時台下叫好之聲，轟然雷動。

這「**恍如**」、「**如**」、「**彷彿**」、「**有如**」都是明喻的比喻詞，本體是歌聲，喻體是後面的鋼絲、登泰山、飛蛇、東洋煙火、鳥鳴。

比喻貼切而生動，是這種修辭法的最好實例。

七十一、清官可恨

《老殘遊記》有兩個看點，一是遊大明湖，包括賞景和聽説書，二是譴責當時官場，舉了兩個酷吏令人髮指、草菅人命的惡行。

因此魯迅在《中國小說史略》中將它歸入「譴責小說」類，並引作者劉鶚所説:「贓官可恨，人人知之，清官尤可恨，人多不知。蓋贓官自知有病，不敢公然為非；清官則自以為不要錢，何所不可？剛愎自用，小則殺人，大則誤國，吾人親目所見，不知凡幾矣！」

書中兩酷吏，玉賢和剛弼，尤以玉賢以「站籠」(又名「立枷」) 懲處犯人，死人無數，極為可恨。

立枷這種刑具是一木籠，頂部有一圓孔，受刑者的頭部穿過圓孔，脖頸被枷鎖着，腳部只能勉強踮地，受刑者只能直立無法跪坐，最後疲勞過度而死。

下面是《老殘遊記》第五回寫玉賢枷人的段落：

這時於家父子三個已到堂上。玉大人叫把他們站起來(放進站籠)。就有幾個差人橫拖倒拽，將他三人拉下堂去。這邊值日頭兒就走到公案面前，跪了一條腿，回道：「稟大人的話：今日站籠沒有空子，請大人示下。」那玉大人一聽，怒道：「胡說！我這兩天記得沒有站什麼人，怎會沒有空子呢？」值日差回道：「只有十二架站籠，三天已滿。請大人查簿子看。」大人一查簿子，用手在簿子上點着說：「一，二，三，昨兒是三個。一，二，三，四，五，前兒是五個。一，二，三，四，大前兒是四個。沒有空，倒也不錯的。」差人又回道：「今兒可否將他們先行收監，明天定有幾個死的，等站籠出了缺，將他們補上好不好？請大人示下！」

玉大人凝了一凝神，說道：「我最恨這些東西！着要將他們收監，豈不是又被他多活了一天去了嗎？斷乎不行！你們去把大前天站的四個放下，拉來我看。」差人去將那四人放下，拉上堂去。大人親自下案，用手摸着四人鼻子，說道：「是還有點游氣。」復行坐上堂去，說：「每人打二千板子，看他死不死！」那知每人不消得幾十板子，那四個人就都死了。眾人沒法，只好將於家父子站起，卻在腳下墊了三塊厚磚，讓他可以三四天不死，趕忙想法。誰知什麼法子都想到，仍是不濟。

歷代筆記小説
（六朝・唐・宋・元・明・清）

Ha
Ha
Ha

七十二、劉伶病酒

筆記小說是一種短小的故事體，由來已久，從《搜神記》到《太平廣記》，以至《閱微草堂筆記》[1]，其量無從統計，內容廣泛，形式大同小異。試從魏晉到清各舉一例。

魏晉時沛國人劉伶，竹林七賢之一，是個酒鬼。

這天他的酒癮又發作了，死皮賴臉的懇求老婆拿酒給他飲。他老婆拿出一瓶酒來，當他的面把酒倒了，還把裝酒的瓶子摔破。哭着說：「你喝太多了，很傷害你的身體，你知道我多為你擔心！你聽話戒了好不好！」

「好好好！」劉伶說，「我也想戒，可是我不由自主，唯有求鬼神幫助。讓我在神靈面前發誓，你快準備祭神的酒肉。」

妻子聽了很是高興，真的在神前供奉了酒肉。

劉伶跪在神前念祝詞說：「天生劉伶，以酒為名。一飲一斛，五斗解酲。婦人之言，慎不可聽。」

祝完飲酒吃肉，醉醺醺的睡了。

下面是《世說新語》原文：

劉伶病酒，渴甚，從婦求酒。婦捐酒毀器，涕泣諫曰：「君飲太過，非攝生之道，必宜斷之！」伶曰：「甚善。我不能自禁，唯當祝鬼神自誓斷之耳！便可具酒肉。」婦曰：「敬聞命。」供酒肉於神前，請伶祝誓。伶跪而祝曰：「天生劉伶，以酒為名，一飲一斛，五斗解酲。婦人之言，慎不可聽！」便引酒進肉，隗然已醉矣。

註

1.《閱微草堂筆記》，清朝紀昀以筆記形式編寫，屬短篇志怪小說。內容主要搜錄當代前後的各種狐鬼神仙、奇聞軼事等靈異故事，勸善戒惡。全集分五書，共二十四卷。

七十三、李靖行雨

唐朝李復言著有《續玄怪錄》，其中〈李衞公靖〉[1]一條，記他替龍行雨事，想像力豐富，充滿趣味。

故事說李靖未做官前，打獵迷路，求宿一豪宅。夜半宅主老夫人見他，說這裏是龍宮，現奉上命行雨，但她兩個兒子都趕不及回來，唯有請李靖協助。

她教李靖騎上一匹青驄馬，給他一小瓶水。當馬刨地嘶鳴時灑水一滴。李靖坐在馬上到了雲端，奉命而行。後來到了他寄居的村莊，知道旱情嚴重，便灑水二十滴。

回到老夫人處才知一滴得水一尺，他已淹沒了整個村莊。老夫人和她的兒子都受到杖責。李靖後悔莫及。

下面是《續玄怪錄》原文：

> 夫人曰：「此非人宅，乃龍宮也。妾長男赴東海婚禮。小男送妹。適奉天符，次當行雨。計兩處雲程，合踰萬里，報之不及，求代又難，輒欲奉煩頃刻間，如何？」

公曰：「靖俗客，非乘雲者，奈何能行雨？有方可教，即唯命耳。」

夫人曰：「苟從吾言，無有不可也。」遂敕黃頭：「鞴青驄馬來。」又命取雨器，乃一小瓶子，繫於鞍前。

誡曰：「郎乘馬，無須銜勒，信其行，馬躩地嘶鳴，即取瓶中水一滴，滴馬鬃上，慎勿多也。」

（公）於是上馬，騰騰而行，其足漸高，但訝其穩疾，不自知其雲上也。風急如箭，雷霆起於步下。於是隨所躩，輒滴之。既而電掣雲開，下見所憩村，思曰：「吾擾此村多矣，方德其人，計無以報。今久旱，苗稼將悴，而雨在我手，寧復惜之？」顧一滴不足濡，乃連下二十滴。俄頃雨畢，騎馬復歸。

夫人者泣於廳曰：「何相誤之甚。本約一滴，何私感而二十之。天此一滴，乃地上一尺雨也。此村夜半，平地水深二丈，豈復有人？妾已受譴，杖八十矣。」袒視其背，血痕滿焉。「兒子並連坐，如何？」公慚怖，不知所對。

註

1. 〈李衞公靖〉，收錄於唐朝李復言的《續玄怪錄》卷四，及後轉收於《太平廣記》中。故事以唐朝開國元勳李靖替龍行雨，且引神鬼之說，預言李靖日後際遇。

七十四、筆記中的親情

古代筆記小說，是一個龐大的閱讀範圍，好在可以隨時放下。宋朝的王讜，寫了一本《唐語林》[1]，所記是唐朝事。以下是其中親情三事。

做到宰相高位的路隨，幼年就沒了父親。那時沒有照片，他不知父親是怎麼一個樣子。有一天母親問他：「你認識你爸麼？」他回答說：「不識。」

連自己的父親也不認識，想想也是人生憾事。有父親陪伴長大的人不容易明白這種悲哀。

路隨問母親，父親是怎麼一個樣子？母親說：「他正跟你一個樣子。」

路隨聽了，號哭良久。從此他不再照鏡。

他為什麼不照鏡？你能了解他的心境嗎？

※　※　※

貴為僕射（類似宰相的官）的李勣，姐姐病了，他親自煮粥給她吃，不小心連鬍子都燒焦了。

「這麼多的廚子大媽妹仔，何必辛苦到你老人家呢？」姐姐說。

「姐姐，你跟我都老了，剩下多少機會能為您煮粥呢？」李勣感傷地說。

※　※　※

大將薛萬徹做了丹陽公主的駙馬，可能不夠儒雅，又有點愚魯，惹得公主幾個月都不理睬他。

情況傳到太宗耳裏，想為妹夫解困，就約了多位駙馬和公主來個飯局。席間太宗對薛特別熱情，一次又一次稱讚他長得漂亮。還與他對局下一種叫「握槊」的棋，賭注是佩刀，又故意輸給了他，把刀解下親自為他佩上。

宴席完了，公主十分高興。駙馬還未上馬，便邀請他上車共乘回家，從此對他看重，恩愛遠勝往日。

太宗這兄妹之情，值得給個 like。

以下是其中一段原文：

李勣貴為僕射，其姊病，必親為粥，釜燃輒焚其鬚。姊曰：「汝僕多矣，何為自苦如此！」勣曰：「豈為無人耶！顧今姊老矣，勣亦年老，雖欲久為姊粥，復可得乎？」

註

1.《唐語林》，北宋王讜所著的小說，現存八卷，深受《世說新語》的影響，取材唐人五十家筆記小說，着重於倫理教化。

七十五、蘇東坡買房子

宋朝的蘇軾（東坡）詩、詞、文章、書法都成就非凡，確是天才。但他同時是好官，做了許多利民的事，如在杭州興水利，在黃州、密州、鄂州煞停溺兒（殺嬰）之風，在惠州改良農具。他更是一個富同情心的好人，宋朝的費袞在《梁溪漫志》[1]記載了一則〈東坡卜居陽羨〉[2]，表現了東坡這一面。他本是一般記事，卻有小説成分，我譯其大意，並加少許評註。

建中靖國元年（公元 1101 年），東坡（時年六十六歲）從放逐地儋州回到陽羨，喜歡那裏的山水，想卜居在此。

陽羨的士大夫因着他曾是朝廷犯官，不敢跟他來往（人情如此）。獨有一位讀書人邵民瞻，要拜東坡為師，東坡也喜歡這個年輕人，常跟他一同出遊（信是有緣）。尋幽探勝，踏遍陽羨好山好水；邵民瞻也獲得學問上許多進益，兩人同感開心，不在話下。

為老師能安定地生活，邵民瞻一直留意為他置一個居所，終於敲定一所舊宅，東坡感到滿意，以五百緡成交（一緡是一百文錢），這已是東坡所有的積蓄。（説明東坡為官之廉，也為他後來的慷慨增添敬佩)。

東坡選了個好日子搬了進去，準備終老於此。

一個月色清朗的晚上，東坡又和邵同去散步，信步走到附近一村落，依稀聽到一個女人的哭聲，好像十分悲傷，兩人尋聲去聽。

「奇怪！這樣的哀痛！好像有很大的不捨，摧傷她的心肝，令我十分不安。我要問她一問。」(慣性地關心民間疾苦)

他們找到哭聲來自一間村屋，揚聲後推門進去。昏暗的燈光下，看見一老太婆，見有人進來還是繼續哀哭，兩眼又紅又腫。

「老人家何事傷心？」東坡關心地問。

「我的房子沒有了！我先人留下的房子沒有了！一百年的房子呀！」老太婆捶打自己的胸脯。

「老太太別哭！發生什麼事啦？」

「我那個不爭氣的兒子把它賣啦！我們幾代人都住在這屋，卻斷送在我手上！要搬到這破屋子來。」老太婆捶胸頓足。

「你兒子為什麼要賣屋？」

「忤逆兒呀！好吃懶做，又欠賭債，天天有追討的上門！」(這幾句是我添加)

「你家的屋子在哪裏？知不知道賣給誰？」

「就在附近那山坡上，門前種了柳，有個小池塘。屋後一排風水樹，房子是青磚綠瓦。賣給誰，兒子沒有説。」(這也是我添加)

「民瞻，看來就是我們買的房子。」東坡説。

「老人家，」民瞻問，「你們是不是姓李？」

老太婆點頭，想想又再哭起來。

「老人家，你別哭，買你家房子的是我，我還你，讓你回家住。」

東坡轉對民瞻説，「房契還在你那裏，麻煩你回去拿來。」

民瞻還想問，東坡說：「我已決定了。」

當民瞻拿了房契回來時，老太婆的兒子李某也回來了。

東坡正對他訓話：

「年輕人，你知道你母親有多傷心！百年的祖業被你斷送，你不慚愧？如今我要把房子還你……」

「老先生，我把賣房子的錢還了債，再買了這間屋子，已沒有剩餘了。」李某說。

「我不要你還錢，你把剛買的這屋賣掉，拿錢去做點小生意。過兩天你好好的帶你母親回老家，以後再不許賣房子！聽到嗎？」

東坡把房契交給了李某，老太太還不清楚發生了什麼事，李某已經跪在地下向東坡下拜。

蘇東坡再沒有買房子（想買也沒錢），之後寄住在朋友家。

這年七月，他病逝於借住的居所。

下面是原文：

建中靖國元年，東坡自儋北歸，卜居陽羨，陽羨士大夫猶畏而不敢與之遊，獨士人邵民瞻從學於坡，坡亦喜其人，時時相與杖策過長橋、訪山水為樂。邵為坡買一宅，為錢五百緡，坡傾囊僅能償之。卜吉入新第。既得日矣，夜與邵步月，偶至一村落，聞婦人哭聲極哀，坡徙倚聽之曰：異哉，何其悲也！豈有大難割之愛觸於其心歟？吾將問之。遂與邵推扉而入，則一老嫗，見坡泣自若，坡問嫗何為哀傷至是，嫗曰：吾家有一居，相傳百年，保守不敢動，以至於我。而吾子不肖，遂舉以售諸人，吾今日遷徙來此，百年舊居一旦訣別，寧不痛心？此吾之所以泣也。坡亦為之愴然，問其故居所在，則坡以五百緡所得者也。坡因再三慰撫，徐謂之曰：嫗之舊居乃吾所售也，不必深悲，今當以是屋還嫗。即命取屋券對嫗焚之，呼其子命翌日迎母還舊第，竟不索其值。坡自是遂還毗陵，不復買宅，而借顧塘橋孫氏居暫憩焉。是歲七月坡竟歿於借居。前輩所為類如此，而世多不知，獨吾州傳其事云。

註

1.《梁溪漫志》宋朝費袞著。本書為筆記小說。「梁溪」為無錫別名。「漫志」，閒時記錄，日積月累而成。全書十卷。內容記述宋代政事典章、考證史傳、評論詩文、傳聞瑣事等。
2.〈東坡卜居陽羨〉：收錄於《梁溪漫志》卷三末條及《梁溪漫志》卷四。

七十六、不能當飯吃

這是元朝不知名作家《拊掌錄》[1]中一則笑話。

話說當時一書商盡將積蓄買了一批書，準備上京去賣，中途遇見一個想把家藏古銅器拿去賣的窮人，看上了他那批書，建議以銅器交換。書商對古董向有癖好，欣然從命。

書商回家，妻子得知他換了一袋銅器回來，罵他說：「你換的這些，能當飯吃麼？」

書商回嘴說：「他換的我那些，也能當飯吃麼？」

彼此彼此，有所惑的人，從來不把吃飯放第一位。

下面是原文：

張文潛嘗言，近時印書盛行，而鬻書者，往往皆士人躬自負擔。有一士人，盡掊其家所有，約百餘千，買書將以入京。至中途，遇一士人，取書目閱之，愛其書，而貧不能得。家以數古銅器，將以貨之。而鬻書者雅有好古器之癖，一見喜甚。乃曰：「毋庸貨也，我將與汝估其直而兩易之。」於是，盡以隨行之書，換數十銅器。亟返其家，其妻方訝夫之回疾。視其行李，但見二三布囊，磊磈然，鏗鏗有聲。問得其實，乃詈其夫曰：「你換得他這個，幾時近得飯吃？」士人曰：「他換得我那個，也幾時近得飯吃？」

註

1.《拊掌錄》，書中記錄其時可笑之事。佚名。後世孫道明寫跋，亦沒道明作者是誰。

七十七、心中有妓

程顥（明道）程頤（伊川）兄弟都是宋代理學家，被稱為「二程」。有一天兩人同去參加一個宴會，程頤見座中有歌妓助興，立即拂袖而去。程顥卻跟大家飲酒盡歡而散。

第二天程顥造訪程頤書齋，程頤仍是一臉的不高興。

程顥說：「昨天座上有，可我心上無；今日座上無，可你心中有。」

兩人高下立分，大哥畢竟是大哥。以下是明朝曹臣《舌華錄》[1]原文：

> 明道、伊川兄弟同赴一宴，頤見坐中妓，即拂衣去。獨明道與飲盡歡。明日明道過伊川齋，伊川猶有怒色，明道笑曰：「昨日本有，心上卻無，今日本無，心上卻有。」

註

1. 《舌華錄》，明朝曹臣著。他深受《世說新語》影響而著此書，記載自遠古至明朝後期士大夫的趣事妙語。由於所取於「倉卒口談」，故此取名「舌華」。

七十八、屈打成招

清代學者紀昀（曉嵐）的《閱微草堂筆記》有一則狐仙的故事，很有意思。

劉擬山是個地方官，其夫人遺失了一隻金釧，懷疑是小女婢偷的。毒打之下，承認是賣給了打鼓人。又毒打她講出打鼓人的衣服、樣貌，可是卻沒法找到這個人，於是再次毒打。

此時忽然聽到屋頂天花板上有聲音說：「我在你們家住了四十年，從來沒有現形、開聲，所以你們不知我的存在。今天我實在忍不住了！金釧是夫人收拾東西時，錯放在漆盒中了。」

在漆盒中找尋的結果，金釧果然在。可憐小女婢已經被打得體無完膚了。

劉擬山說他為此事終生慚愧懊悔，他說這樣的事常常有，但不是到處有仗義的狐。因此他做了二十多年的地方官，從不用施刑來逼供。

這狐狸的一番話是説給所有良知仍在的地方官聽的。

下面是原文：

劉擬山家失金釧，掠問小女奴，具承賣於打鼓者。又掠問打鼓者衣服、形狀，求之不獲，仍復掠問。忽承塵上微嗽曰：「我居君家四十年，不肯一露形聲，故不知有我，今則實不能忍矣。此釧非夫人檢點雜物，誤置漆奩中耶？」如言求之，果不謬，然小女奴已無完膚矣。擬山終生愧悔，自道之曰：「時時不免有此事，安能處處有此狐？」故仕宦二十餘載，鞠獄未嘗以刑求。

雜說

醉

七十九、且聽下回分解

宋朝已有一種民間娛樂：平話。將前代故事渲染說唱，如《三國志平話》[1]《五代史平話》[2]。後來發展成一種白話小說，分章分回敘事，仍保留當年「話說」、「且說」、「欲知後事如何？且聽下回分解」等套語。這種小說名為章回小說，其中有名的如《水滸傳》、《三國演義》、《西遊記》、《紅樓夢》。

章回小說的每一節有回目，如《水滸傳》有七十回本、一百二十回本等，《三國演義》有一百二十回，《西遊記》有一百回，《紅樓夢》有一百二十回，據說曹雪芹寫了前八十回，高鶚續寫後四十回。

每一回有「回目」，總括這一回的事，這是由兩個對偶句組成。可是這幾本的回目卻未能完全符合對聯規格：

一、上下聯字數相同；

二、相同位置詞性相同；

三、上句末字要仄聲，下句末字要平聲。

四、上下聯位處偶數位（第二、四、六、八……）的字要平仄相對。

檢查一下上述四本書的第一回回目：

《水滸傳》

王教頭私走延安府　九紋龍大鬧史家村（符合要求）

《三國演義》

宴桃園豪傑三結義　斬黃巾英雄首立功（桃、黃都是平聲，不符要求）

《西遊記》

靈根育孕源流出　心性修持大道生（符合要求）

《紅樓夢》

甄士隱夢幻識通靈　賈雨村風塵懷閨秀（上下句末字平仄互調，不符要求）

相信以作者們之才，要做到符合要求並非難事，大概那時並不強求，所以不符之處甚多。

《紅樓夢》回目有幾對字面上對得不錯：

情切切良宵花解語　意綿綿靜日玉生香（第十九回）

情中情因情感妹妹　錯裏錯以錯勸哥哥（第三十四回）

白玉釧親嘗蓮葉羹　黃金鶯巧結梅花絡（第三十五回）

凸碧堂品笛感淒清　凹晶館聯詩悲寂寞（第七十六回）

現代金庸的武俠小說，最少有三部用了對偶體的回目，如：

古道騰駒驚白髮　危巒快劍識青翎（《書劍恩仇錄》[3] 第一回）

危邦行蜀道　亂世壞長城（《碧血劍》[4] 第一回）

可知今日憐才意　卻是當時種樹心（《鹿鼎記》[5] 第六回）

金庸的小說沒有「欲知後事如何，且聽下回分解」。他自有魔法令你一回一回追看下去，不知東方之既白。

註

1.《三國志平話》，又稱《平話三國志》，以三國歷史為故事背景的話本。宋朝時已有說三國的故事，至元朝不知名作者成書。小說《三國演義》是參考《三國志》、《三國志平話》寫成的。

2.《五代史平話》，作者不詳，一般認為是宋朝人作品。以五代十國時期，梁、唐、晉、漢、周興替為背景的話本。

3.《書劍恩仇錄》，金庸著。1955 年連載於《新晚報》，1980 年出版成書。是其首本武俠小說。全書二十回。小說圍繞乾隆皇帝與陳家洛二人間矛盾糾葛，反清幫會「紅花會」眾頭目的事蹟。

4.《碧血劍》，金庸著。是 1956 年發表的武俠小說，全書二十回。故事講述明末大將袁崇煥的兒子袁承志，及其師門華山派，義助闖王，奪取大明而引起的江湖恩怨。

5.《鹿鼎記》，是金庸最後一部武俠小說。全書五十回，是《碧血劍》的續篇。該小說於 1969 年至 1972 年間創作。故事講述清初時，在妓院長大的韋小寶，不懂任何武功，卻闖蕩江湖，周旋於各大幫會、皇帝朝臣之間，且娶了七個不同背景的妻子，有別於一般傳統武俠小說。

八十、醉後的事

除了《西遊記》，四大古典説部中都有角色醉後的事。

先説《三國演義》中的曹操，他肯定是好酒之人，曾與劉備煮酒論英雄。建安十三年，他率八十三萬大軍征吳，於十一月十五日在大江之上，與眾官及將士聚，命左右行酒，飲至半夜，由半酣至已醉，當時曾高吟「對酒當歌，人生幾何？」、「何以解憂，惟有杜康。」不離一個酒字。之後發生的事見本書〈曹操志得意滿時〉。

《水滸傳》中最愛飲酒、酒量最大的是武松，他在書中有兩件關乎酒的事，一次是「景陽崗打虎」，一次是「醉打蔣門神」。

打虎那次在陽穀縣，來到一家酒店，招旗上寫着「三碗不過崗」，意思是喝了三碗酒便會醉倒，無法過得前面山崗。偏偏武松不信邪，喝了十八碗才罷。結果在半醉狀態於景陽崗與一隻吊睛白額虎搏鬥一場，打死了老虎，成為英雄。這打虎的一幕已是文學經典。

醉打蔣門神那次在孟州道的快活林，為幫新結識的朋友施恩奪回快活林地盤，武松要求「無三不過望」。「望」代表酒店，不喝完三碗酒，他不離開每一家經過的酒店。結果共吃了三十五、六碗酒。他自己承認：

> 你（施恩）怕我醉了沒本事，我卻是沒酒沒本事，帶一分酒便有一分本事，五分酒五分本事，我若吃了十分酒，這氣力不知從何而來！

我說《醉打蔣門神》有關章節都是負面教材，喝酒不講品味而強調量大，視為豪傑。中國有能飲為豪的傳統，李白也說「會須一飲三百杯」。國內席間鬥酒的風氣仍盛，浪費了酒也損害了健康。

幫施恩收回快活林，其實是幫地頭蟲對付黑幫，與「替天行道」無關，純屬私人恩怨。發展到後來的《血濺鴛鴦樓》，武松瘋狂濫殺無辜，連唱曲的、婆媽妹仔都死在他刀下，一共殺死十五人。作者筆下全無批判之意。

《水滸傳》有另一人醉酒，是宋江，他因犯事發配江州，有一天在潯陽樓喝酒。「獨自一個，一杯兩盞，倚欄暢飲，不覺沉醉。」醉了，「壞鬼書生」的毛病便發作，要顯顯抱負和文才，發發牢騷。見白粉壁上多有前人題吟，他也討了筆墨，

題了一首《西江月》:

自幼曾攻經史，長成亦有權謀。
恰如猛虎臥荒邱，潛伏爪牙忍受。
不幸刺文雙頰，那堪配在江州！
他年若得報冤讎，血染潯陽江口。

在那《西江月》後再寫下四句詩：

心在山東身在吳，飄蓬江海漫嗟吁。
他時若遂凌雲志，敢笑黃巢不丈夫。

黃巢嗜殺，曾立「七殺碑」。宋江要血染潯陽江口，不知為了什麼？還要笑黃巢不夠豪氣，可知他也是嗜殺之徒。他酒醒之後完全忘了這回事，終惹來一場官非。

寫醉酒最美的在《紅樓夢》第六十二回，那天是寶玉生日，女兒們行酒令為樂。史湘雲被罰了幾杯，竟在山後頭一塊青石板凳上睡着了。曹雪芹的描繪成為許多人物畫家最喜愛的題材：

湘雲臥於山石僻處一個石凳子上，業經香夢沉酣，四面芍藥花飛了一身，滿臉衣襟上皆是紅香散亂。手中的扇子掉在地下：也半被落花埋了。一羣蜜蜂、蝴蝶鬧嚷嚷的圍着。又用鮫帕包了一包芍藥花瓣枕着。眾人看了，又是愛，又是笑，忙上來推喚攙扶。湘雲口內猶作睡語，說酒令，嘟嘟嚷嚷說：「泉香而酒冽，玉盞盛來琥珀光，直飲到梅梢月上，醉扶歸，卻為宜會親友。」湘雲慢啟秋波，見了眾人，低頭看了一看自己，方知是醉了。

美人、花、蜂蝶，顏色、香味、聲音都有了，多麼的爛漫自然！

與血腥的《水滸傳》情節一比，美醜自見。

八十一、神神化化

我發覺章回小說中，除神魔、神怪小說，如《西遊記》、《封神演義》、《白蛇傳》[1] 有神仙鬼怪的內容外，即使講史小說、人情小說、文才小說如《水滸傳》、《紅樓夢》、《鏡花緣》，也有一個神話的楔子。

如《水滸傳》中的洪太尉，在龍虎山上清宮伏魔殿放走了三十六員天罡星，七十二員地煞星，乃有梁山泊一百零八條好漢聚義造反的故事。

如《紅樓夢》第一回說女媧煉石補天，煉就大頑石三萬六千五百零一塊，用掉三萬六千五百塊，剩下一塊不得入選。下面是書中寶玉、黛玉戀情之因由：

> 只因當年這個石頭，媧皇未用，自己卻也落得逍遙自在，各處去遊玩。一日，來到警幻仙子處，那仙子知他有些來歷，因留他在赤霞宮中，名他為赤霞宮神瑛侍者。他卻常在西方靈河岸上行走，看見那靈河岸上三生石畔有棵絳珠仙草，十分嬌娜可愛，遂日以甘露灌溉，這絳珠草始得久延歲月。後來既受天地精華，復得甘露滋養，遂脫了草木之胎，幻化人形，僅僅修

> 成女體，終日游於「離恨天」外，饑餐「秘情果」，渴飲「灌愁水」。只因尚未酬報灌溉之德，故甚至五內鬱結着一段纏綿不盡之意，常說:「自己受了他雨露之惠，我並無此水可還；他若下世為人，我也同去走一遭，但把我一生所有的眼淚還他，也還得過了！」因此一事，就勾出多少風流冤家都要下凡，造歷幻緣。

如《鏡花緣》，說是武則天冬日醉中下詔，命百花開放。當時百花仙子正跟麻姑下棋，下屬無法知會她，不敢逆旨，紛紛違時開放。結果被天帝懲罰，說是：

> 下界帝王雖有御詔，但非為國計民生起見，且係酒後遊戲，該仙子何以迫不及待，並不奏聞請旨，任聽部下逞豔於非時之候，獻媚於世主之前。致令時序顛倒，駭人聽聞。況身為一洞之主，任情閑曠，不能約束所屬，既已失察獲愆，有乖職守，仍不自請處分；而屬下目無洞主，亦不恪遵約束；均有不合，請旨一並謫入紅塵，受其磨折，以為不能約束，不遵約束者戒。

於是才有眾才女在人間歷劫種種情事，演成《鏡花緣》一段有趣故事。

不約而同的有這類神道故事，作用何在？

增加了故事的傳奇性，即減低它的現實性，免得對號入座。

為故事的傳奇性找因由。

為說書人添加了趣味因素。

定下故事的基調。

讀者即使不相信這些神話，卻也不會反感。

註

1.《白蛇傳》，又稱《許仙與白娘子》。著名民間傳說，與《孟姜女》、《牛郎織女》、《梁山伯與祝英台》，並稱為中國四大民間傳說，描述修煉成人形的蛇妖與凡人的曲折愛情故事。角色法海的原型，來自唐朝金山法海禪師。

八十二、文學四夢

中國文學上有四個夢最多人談及，他們是莊周夢蝶、江淹才盡、黃粱夢和南柯夢。

莊子在《齊物論》[1]中寫了一個故事：莊周曾經做過一個夢，夢中自己是一隻生動有活力的蝴蝶，愉快而適意，不知道自己是一個叫莊周的人。忽然醒了，矇矓驚惶間才知道自己是莊周。「可是我不知道是莊周夢見自己是蝴蝶，還是蝴蝶做夢成為莊周？」

這哲學性的奇妙一問，帶出後人許多感想、思考、領悟和迷惘。在許多大文學家的作品中成為一種意象。

莊生曉夢迷蝴蝶，望帝春心託杜鵑。(李商隱)

千古是非輸蝶夢，一輪風雨屬漁舟。(崔涂)

夢寐幾回迷蛺蝶，文章應解伴牢愁。(杜牧)

尋思人世，只合化，夢中蝶。(辛棄疾)

南朝梁鍾嶸的《詩品》[2]有江淹的故事，江淹是南北朝時南朝辭賦大家，他寫的《恨賦》[3]、《別賦》[4]，名聞天下。到年紀大了，文思開始滯塞。據說他從宣城太守任上罷官時，有一晚在冶亭住宿，夢中見到一位漂亮男士，自稱是郭璞，那東晉寫「遊仙詩」(寫仙境，詠神仙)聞名的詩人，他對江淹說：「我有筆在你處多年，該還給我了。」江淹探索懷中，找到一支五色筆，還給對方。從此他的作品更為失色，人說江郎才盡了。

其實許多作家都有這樣的經驗，年紀大了，激情淡化，思想老化，活動滯化，筆下沒有源頭活水，文字也就失色。江淹之夢，只不過是他平素煩惱的反映。

唐朝的沈既濟寫了一篇傳奇小說《枕中記》，「邯鄲一夢」、「黃粱一夢」的成語都是從這篇小說來的。

故事說一個姓盧的少年，來到邯鄲一家旅舍，當時舍中主人正在煮黃粱飯，另有一客人是姓呂的道士。談笑間盧生慨歎自己身處困境，未能出將入相，建功立業。道士借他一個枕頭，說會帶給他愉快經歷。

盧生在枕上入夢後，娶富家女，中進士，做官，以功升遷，為將破賊，居更高位，為宰相忌，貶官，復出，拜相，遭誣下獄幾死，冤雪，封趙國公，恩寵無比，生五子，孫十餘。晚年享受逸樂，後庭極聲色之娛。直到八十多歲，患了重病，名醫珍藥都無法挽救，皇上傳旨慰問，接旨後死去。

醒來發覺人在旅舍，道士在旁，黃粱還未熟。他從牀上坐起說：「原來是大夢一場。」道士說：「人生也不過如此。」

盧生感到悵然，向道士致謝說：「人生得意失意，生老病死，我都經歷了。也不過是一場幻夢，謝謝老師點醒！我明白了。」

這故事對後世的影響還真不小，一枕黃粱既是教人消極處世的人生觀，也是失敗者的安慰劑。

也是唐朝的李公佐，寫了另一個夢《南柯太守記》。說的是游俠之士淳于棼，某日醉臥東廡下，被使者載往後園老槐樹穴中，進入另一國度，做了皇帝女婿，官封南柯太守。生下五男二女。但後來經歷喪妻之痛，又遭國君疑忌，要他回歸故里。

醒來發覺仍卧東廡下，陪他回來的朋友還未走。他述說夢境，同往後園的古槐下，發現龐大蟻穴，原來這就是他夢中的槐安國，包括他駐守的南邊枝椏南柯郡。

這經歷對淳于棼的影響是「感南柯之虛浮，悟人世之倏忽，遂棲心道門，絕棄酒色」。作者最後借一位聽過故事的參軍發表感想說：那麼高貴的權勢祿位，明白人看來，也不過是螞蟻堆而已。

註

1. 《齊物論》，是《莊子·內篇》的第二篇。全篇由五個故事串連，表達「齊物」的意思，一切事物，沒有差別，也沒有是非、美醜、善惡、貴賤之分。莊子認為萬物都是渾然一體的，是道家重要思想之一。
2. 《詩品》，原名《詩評》，南梁鍾嶸撰寫，是中國首部詩論專著，共三卷。後人稱為「百代詩話之祖」，《詩品》提出文學批評的原則，其中重點是強調內在的「風力」和外在的「丹采」，應同等重視。
3. 《恨賦》，南朝文學家江淹的創作。描寫秦始皇、趙王遷、李陵、王昭君、馮衍、嵇康六個歷史人物的遺恨，呈現哀傷怨恨，道出人皆有憾，也寄託了作者的怨憤之情。
4. 《別賦》，南朝文學家江淹創作的一篇抒情小賦。以濃郁的抒情筆調，描寫戍人、富豪、俠客、游宦、道士、情人等的各種別離，全賦使用駢偶句式，傳頌千古。

八十三、寫小說有報應？

讀魯迅《小說舊聞鈔》[1]，是他1926年寫成，1935年校勘再版。我覺得他用文言文書寫，更為暢順。

其中《水滸傳》一輯，抄不少有關此書的記載。其中《西湖遊覽志餘》[2]，有這樣一段：

錢塘羅貫中本者，南宋時人，編撰小說數十種，而《水滸傳》敍宋江等事，姦盜脫騙機械甚詳。然變詐百端，壞人心術，其子孫三代皆啞，天道好還之報如此。

先補充兩點：羅貫中名本，是元末明初人，不是南宋人。明朝田汝成所著的《西湖遊覽志餘》，先把年代弄錯了。《水滸傳》是羅貫中的老師施耐庵著，羅有協助。看來思想保守的田汝成對《水滸傳》的內容很抗拒，說它「變詐百端，壞人心術」，卻又對它的廣受歡迎無可如何，便作無根據的詛咒，說羅貫中子孫三代皆啞，而這是一種報應云云。如真有報應，田汝成難道不怕他的詛咒也會受「天道」懲罰？

同樣在《小說舊聞鈔》中，《紅樓夢》一輯有《勸戒四錄》[3]（清梁恭辰撰）中的一段，說「《紅樓夢》一書，誨淫之甚者也」。

此書全部中無一人是真的，惟屬筆之曹雪芹實有其人，然以老貢生槁死牖下，徒抱伯道之嗟，身後蕭條，更無人稍為矜恤，則未必非編造淫書之顯報矣。

說曹雪芹無爵祿、無子孫、無財富、無人同情，是他寫「淫書」的報應，他當然不會知道《紅樓夢》後來帶給曹雪芹多大的榮耀，人與書均將不朽。

註

1.《小說舊聞鈔》，魯迅輯錄的小說史料集。全書共三十九篇。前三十五篇是關於多種小說的史料，後四篇提及小說源流、雜說等的史料。另附有魯迅按語，此書於1926年出版，1938年收入《魯迅全集》。

2.《西湖遊覽志餘》，明朝田汝成編著。此書是田汝成在編輯《西湖遊覽志》過程中，搜集了一些超出西湖範圍的資料，加以整理而成。全書二十六卷，較詳細地介紹南宋到明朝中葉杭州的政治、經濟、文化和社會風貌，亦涉論小說文學等。

3.《勸戒四錄》，梁恭辰著。作者自幼喜談因果，故此著有《勸戒近錄》一書。及後又將最新見聞集錄，所感之言，相繼推出《勸戒續錄》（1844年）、《勸戒三錄》（1845年）、《勸戒四錄》（1848年）等，至「九錄」，每本六卷，共五十四卷。歷時四十二年。